遇见你 是我最美好的 小幸运

杨朵轶 著

海峡出版发行集团 THE STRAITS PUBLISHING & DISTRIBUTING GROUP | 鹭江出版社 LUJIANG PUBLISHING HOUSE
2016年·厦门

目

录 /

序言　坦白

提起笔写这篇文章的时候，我还不能确定我会用什么样的风格来写，我会写出什么样的文字来。这一次，我的文字失去控制，它有最自由的灵魂。

在最近几年里，我写了大概有五十多万字的文章。它们像无边的大海，让我沉迷到彻底。这些忧伤的文字，静默且迷人。我用它们，舒展开隐匿在黑暗里的身体，悄悄地放飞自己的情绪。

有人告诉我，成长就是一种蜕变的痛，羽化成蝶的美丽就一定需要承受挣扎的苦痛。我一直都纠缠在不堪回首的往事中，沉溺于敏感忧伤。常常在黑夜里打开自己的心房，想起曾经属于自己的丰盛的爱情。它是最华美的烟花，在升起的瞬间，光影浮现。我把它们写成文字，仿佛就可以穿越时光的距离，再轻触那水晶样的年华。漫漫的幻觉里，我在梦的最深处与久别的记忆重逢。

我是寻梦的孩子，把所有的寂寞深锁在心里，远远地眺望爱情。

安妮说，很多时候，一个人选择了行走，不是因为欲望，也并非诱惑；他仅仅只是听到了自己内心里的声音。

为了听见自己内心里的声音，我一直走在青春的路上，踩着孤单的影子。我是一个等爱的人。

许巍的音乐总是在这个时候响起，那些因为寂寞而显现的迷茫在他悠远的声音里铺张。他和我来自同一个故乡，又在同一个城市游荡，他这样唱游着诗意的生活："谁让我们哭泣，又给我们惊喜，让我们就这样相爱相遇。总是要说再见，相聚又分离，总是走在漫长的路上。"暖暖的感动在夜风中展开，我们都是纯真而忘我的人。

右边的一颗牙，碎了。我吐出它来，走吧，你不再属于我，如同那些过去的爱情，一切都像风一样，走过，没有了痕迹。如果太认真，我们就会跌落进时光的无底洞，再也找不到通往春天的出口。爱情是海市蜃楼，是虚幻的想象，是美丽的糖果，是奢侈的幸福。在彼此催眠的晚上，我们用最虔诚的心灵来膜拜它。当寂寞刺穿了生活，爱情却变得那么真实，那么赤裸裸。

于是我卸下文字之衣，做一只自由的鸟，孤独地飞行。飞过高山，飞过湖泊；飞过草原，飞过沙漠。我始终保持着一个飞翔的姿势，一往无前。我俯视着大地，这个世界竟然如此荒芜。寂寞是一整片的森林，每个人都会有心碎的时间。

城市里总是有太多的人在上演着悲欢离合，我们同样走不出宿命的圆。只是，对于爱情，我已经学会了用自己的语法来丈量。

我用一台理光的相机，它是我最默契的朋友。我们在一起，证明许多发生过的痕迹。我喜欢那些从自己手中流淌出来的影像，它们像一个个色彩斑斓而又绮丽的梦，绮丽着我们的眼睛。

和文字一样，我让自己沉醉在那些影像中。我无从选择地爱着，在镜头里凝动我们为之感动过的生活。我的欲望太强，我想要表达的东西太多，我希望自己能有丰富的思想。

生活就是艺术。

我总是会对艺术充满无休止的想象和向往。我是那么想做一个接近艺术的孩子。我希望我的作品有文字的灵动、影像的沉稳、思想的光芒。

在之前这些长长的寂寞里，我一直都在和苍凉的时光对峙，可是我始终没有找到能够和爱情相抗争的力量。我一遍又一遍地张开自己白色的翅膀，我想让别人看到我最美丽的羽毛。我是一朵在野山坡悄然开放的花，心里盛满了寂寞。我在白天睡去，又在黑夜醒来，我不知道怎样去捕捉爱情的踪迹。

圣经上说爱是恒久忍耐，爱是永不止息。我想要找到每一个你，我想要找到永不止息的爱情。

感谢我的笔下流淌出的每一个字，它们为了表达我对爱的坦白而鞠躬尽瘁，它们为我赢得了声誉。我发誓不会遗弃它们，在这长长的人生里。我感谢它们为我而存在。

请闭上眼睛，想象一片蔚蓝色的大海。如果气温骤然下降，下降到冰点以下，它们就会冻结成冰。是蔚蓝色的冰。晶莹的冰块闪现着绮丽的蔚蓝色，一半是阳光，一半是阴影。

在那一个瞬间，你会爱上我，爱上那种苍凉的明亮。

爱过以后，请你忘记我。因为我们彼此爱上的仅仅只是假象。而那些长长短短的爱情，我会继续把它们写进回忆里，用文字来凝望。

疼

1

接到小莉电话的时候，我正在网上看着关于香港的网页。听见她懒懒的声音：我在逛街。我习惯性地问了句：和谁？和我的男朋友，她的声音有些犹豫。轻轻地叹一声气，我挂掉电话，心里很疼。

SAMMI 是小莉的英文名字，我给她起的，她非常喜欢，我经常这样叫她，SAMMI，SAMMI，SAMMI。她好像是我心底挥之不去的影子，纠缠在记忆里，舍不得忘记。

SAMMI 在西安，我在北京。

她无业，我在国贸的第二十七层工作。

她很白，微胖，漆黑的长发；我也很白，清瘦，干净的短发。

去年冬天，她在北京陪着我过了一整个季节。我们在夜里拥抱着取暖，她明亮的眼睛点燃了我孤单的房间。我给她买整盒 LANCOME 的香水，淡蓝色的瓶子。我喜欢她身上飘着绮丽的味道，激越并且绝不妥协。像她的性格，柔媚中带着坚持。

对我而言，曾经以为 SAMMI 就是生命中的一个过客，经过我身边，留下淡淡的痕，然后消失。

我的爱情有些疏远了，寂寞已经成为习惯。曾相爱多年的女友去了德国，然后和我分手，我选择遗忘。一切都是场游戏，而游戏的结局，只有爱归零。

接到电话的那个夜晚，我的脸一晚上都对着电脑，没有表情，QQ 上 SAMMI 的头像在闪，可是我不敢去点。我看不清她最初的模样，眼前一片虚无，回头的时候，在干净的镜子里看到自己的容颜，一弯忧郁的眉毛，我流下眼泪来。

秋日的阳光下，我和 SAMMI 握手，说你好。那是我们第一次见面，她的笑容纯纯的，很乖。我们如此陌生，却能感觉到彼此带给对方的安慰，仿佛早就心怀默契。

她来北京找树，可是树有了新的女友。她没有工作，她的生活一直都处在挣扎的状态。她在和我诉说的时候，语调淡漠，漂亮的眼睛漂浮着一种无力的感觉。

我看着她，心里忽然很疼。

让人疼痛的有时候不是往事，而是一种感觉。

牵起 SAMMI 冰凉的手指，她抬起头来：你的手好热。我笑了笑：那是为了给你温暖。她的头斜倚在我的肩膀，我看见天上的星星一点点洒下金黄色的光，落在她的脸上，像是一块柔软的纱。

如同初恋的感觉，被夜风轻轻地吹起，温柔在瞬间飞扬。

我轻轻地闭上眼睛，仿佛闻到了爱情的味道。

整个夜晚我们都在做爱，彼此的身体起伏，灵魂在颤抖。我们热烈地吻着，像两只寂寞又饥渴的鸟。飞过，爱过，拥抱过。醒来的时候已经是天明，SAMMI 起身把蔚蓝色的窗帘拉开一条缝，一抹阳光笔直地射了进来，暖暖的。她俯下身来，吻我，用很大的力气。在这一刻，她如同一只野性的兽，充满一种原始的暴力。我又抱住她，彼此纠缠，我们的身体里涌动着脉搏狂跳的快乐，那是一种想要互相占有的欲望。

继续吧，我们。她看着我。

我点头，好吧。

做爱也是一种幻觉，它没有尽头。

激情退却的瞬间，是一种灵魂失重的状态。我望着 SAMMI 半侧的身体，忽然有一种恐惧，我怕只要一转眼，这短暂的快乐会被现实的沉重所取代。

我惧怕空虚，更惧怕空虚后的绝望。

2

莲是我的一个女性朋友，更确切地说，我们是介于朋友和爱人之间的那种关系。从来都没有说透，却彼此都明白。

莲也在国贸工作，是一家美国著名企业的职员，干练而聪慧。她在十一层，我们经常可以在电梯中遇见，见得多了，互相就有了礼貌的微笑。

一次加夜班后在负一层吃西餐，正好她也在，就坐在了一起。我知道了她从英国留学回来，工作仅仅一年。她说她的英文名字是 LINDA，我笑笑，张学友曾经用你的名字唱过一首歌。她说我知道，很喜欢。结账的时候，她留了电话给我。

偶尔我会打电话给她，说一些琐碎的事情：文字、音乐、旅行，但是不谈爱情。

空闲的时候，她会坐一小时的 TAXI 来我家，帮我收拾凌乱的房间。收拾的时候她不说话，只是安静地做事，然后她会给我炖整锅的排骨，再去炒一个清淡的素菜，西兰花或者马铃薯。我在一边看着，放英文歌给她听。

她的手指在飞，她没有表情。

莲是懂得收敛的女性，多年的知识熏陶，使她沉稳而安静。莲的分寸感很好，不该说的话绝对不会说出。我们之间只有平静，像退潮的大海，不见汹涌的波澜。

可是没有激情是可怕的，即使你在我身边，我仍然孤独。这是一种颓然无力的感觉，却也说不出有什么不好。

27 岁的年龄，我一个人生活。妈妈在电话里总是催我，要找个女朋友啦。我说，哦。挂了电话的时候，我就会站在狭小的阳台上，任风吹起白衬衣的领口。看着对面楼台上几只寂寞的鸽子，它们飞起又落下，它们在一起，它们不会孤独。有时候真的希望自己是一只鸟，可以飞翔，可以拥抱蔚蓝色的天空和纯白色的云朵，它们那么自由，它们可以去往自己想要到达的地方。

莲其实是个不错的选择，家境殷实，月薪数万元，并且对我很好。我常常在睡觉前想起她来，想起她纯熟地用英语说话的样子。还会幻想未来的日子：我们住大大的房子，开漂亮的奔驰汽车，穿昂贵的纪梵希时装。

一切都顺理成章，我好像找不到任何的理由拒绝这样的生活。除了爱情。

可是爱情它到底是什么？杜拉斯说爱是心底不死的欲望。

在我和莲之间，我始终找不到这种感觉。她在我的身边，我依然感到深深的寂寞。

3

我的生活平淡而富足。笔记本，客户，写字楼，西餐厅，西服，领带，它们让我体面而优雅。电影，摄影，牛仔裤，旅行，文字，音乐，它们让我心灵舒适而自由。`

我一个人住在一间装修很好的公寓里，抬起头透过玻璃就能看见三环路上川流不息的车群，前呼后拥的，如同一场演出。

我喜欢一切华美的东西，比如情人节灿烂的烟花，比如浪漫唯美的电影。我想让自己和别人有一些不同，过着自我而随性的生活。

工作中我是个忘我的男人。凭着天资和坚持，我取得了不错的业绩。公司的瑞士老板很欣赏我，薪水涨了又涨，职位也提了又提。27 岁，部门主管，这样的待遇是这个公司的唯一。

周末没有约会的时候，我会去三里屯的酒吧里坐坐，听悠闲的西洋音乐，看台上晃动着的舞女。这一刻我会让自己彻底放松，不想老板布置的任务，不想客户提出的要求，也不想生活的柴米油盐。

点燃一根烟，一切开始虚无。只是不能不想爱情。

在我的内心里，其实我渴望那种电光火石般的爱情，只需要一眼，彼此就有决心彻底把自己交给对方。就是这样，爱情应该是一秒钟的事情，英文叫 MOMENT。

爱情是一种创造，它需要的是灵感，不是考验。

舞女的身姿是火辣的，时常会做出性感的动作，她们在这里放纵着自己的青春。我想起SAMMI来，她总是在这个时候占据了我的思想，像一幅浓墨重彩的画，充满了诡异的色彩，铺张在我的面前，我无法躲闪。她的瀑布般的头发，她的嫩粉色的嘴唇，我们拥抱和融合的快感，一幕幕，如花朵盛开的记忆，缠绕在我的脑海里。

SAMMI是我心底里最深的影子，深到不可测量。

我是不是爱上她了？

真相是什么？我似乎不敢去靠近。

我是温和而理性的男子。职业生涯的打拼，磨砺出了谨慎的品格，懂得控制。我无法说服自己爱上一个无业并且没有任何共同语言的女人。我们身处不同的阶层，我们有不同的教育背景，我没有勇气去打破这个紧紧绷在我思想里的束缚。

和她在一起，有淋漓的快感，可是看不见未来。我没有安全感。

4

莲出差去了上海，经常会在网上遇见，MSN里我们互相嘘寒问暖。天冷了记得要加衣服，少喝些酒，你的胃不好。习惯了这样的问候，像是雨过后的晴朗，一切都很自然。

这个时候，SAMMI 在我的身边。她从我身后抱着我，安静地看我和莲在网络里聊天。我回过身来，吻她，良久，我们分开。看见她潮湿的眼睛，我不说抱歉。SAY SORRY 没有用，现实就是这样的沉重。

我有些混沌，分不清爱与不爱之间的距离。

那天晚上，我们做爱。SAMMI 像疯了一样，跌宕的身体和轻浮的语言。我能感觉到床的颤抖，天花板上有浮尘落了下来，覆盖在我们赤裸的身体上，无声。

她紧紧地抱住我。亲爱的，我愿意死在你的怀里，她说。

5

像往常一样，从地铁里出来，走进国贸中心的大厅。我冲着前台小姐礼貌地微笑，然后走进电梯，二十七层。中间没有停顿，大概 50 秒的时间。

走进办公室，一抹阳光从窗外照进来，正好落在我的桌子上。桌子上有一封信，拆开，是英文，老板的手迹。公司在香港筹建分公司，总经理的位子由我担任。一种事业成功的幸福感在瞬间击中了我，那么突然，我甚至连欢呼都没有做好足够的准备。

随后老板的电话过来，CONGRATULATIONS！我说谢谢您的信任，我会更加努力。老板的声音在继续，准备交接你目前的工作，然后你可以休假一个月，假期结束之后去香港报到。希望你可以做得更好！

在洗手间的镜子前，我看见自己的眼泪温暖地滑落。

给莲打了个电话，我要去香港工作啦。电话里听见莲优雅的声音，祝贺你！下半年我会有在香港的项目，我们可以一起去太古广场喝STARBUCKS。

我说好，挂掉了电话，内心里忽然有空荡荡的感觉。其实我不爱喝咖啡。

6

要去香港的事情，我没有告诉SAMMI。她不是一个习惯倾听的人。

她习惯一个人窝在家里看DVD，港产的爱情片。或浪漫或悲情的故事，总能让她心动。SAMMI尤其喜欢吴彦祖，那个混血气质的美少年。

她看《新警察故事》，结尾的时候吴彦祖将枪口瞄准了自己，然后枪响，美少年倒下。SAMMI 的眼睛里充满了忧伤。我轻轻地关掉电视机，用手捧起了 SAMMI 的脸，吻她的眼睛。

我是一个没有方向感的人，她说。在陌生的城市里，我会迷路，我需要一种安全的感觉。我抱住 SAMMI，是这样吗？她没有挣扎。我们之间，不是一个拥抱的距离，而是灵魂的差距。

她说话的时候表情冷漠。我只想要一个平淡而温暖的日子，而你，向往奢华而热闹的生活。

我低头去吻 SAMMI，她躲过身去。我看见她眼角的泪滴，缓慢地，坠落在地毯上，那么沉重。

7

宁静的早晨，呼吸轻盈。我走进熟悉的办公室，整理了自己的文件和资料，还有零零碎碎的东西。一个 IKEA 的大纸盒子，上面缀着红色的花纹，我把它们都悄悄地放进里面。要离开这里，心有些留恋，虽然我知道，生命就是不断地告别，而香港，又会是一次全新的开始。

敲开老板的办公室，向他礼貌地 SAY HELLO，我们握手，很用力。

彼此都知道，他想给我的是信任，我想给他的是感谢。没有更多的语言，心里却都了然。他的西方式的招牌微笑，我的东方式的专注眼神。他是他的，我是我的，泾渭分明。职业的经理人，到了一定的层次，表情的交流就足以表达一切。

从国贸中心出来，我回头看了一下这个北京城最著名的现代化建筑，它在冬日阳光的照耀下，披上了一层金黄，显得那么妖娆。这里是财富的象征，这里是精英的乐园，这里不断有奇迹在发生。那些西装革履的男人、裙带飞扬的女人，仍然在频繁地走进走出，他们繁忙而骄傲，他们有冷峻而舒张的表情。可是我相信他们和我一样，也会有大片的寂寞，失落在这个干燥的城市里，成为无法言说的秘密。

手机响了，我接通，听见 SAMMI 的声音："我在火车站，要回西安了，还有半小时车就要开了。"我说，你等我，我马上就到，招手拦了 TAXI，从长安街飞驰。

SAMMI 迟早是要走的，她在我身边得不到她想要的温暖和平实。但是我的心里还是掠过了一缕缕忧伤，有抽丝般的疼痛。

还有 5 分钟车就要开了，SAMMI 摇下车窗。我捧起她的脸，吻她的嘴唇，她的舌尖湿润而温暖，可是我感觉到时光那么苍凉。

离别是不可控制的事情，而放弃，却好像发生得如此容易。

8

我的假期，SAMMI 走了，莲在上海。

我自由了，我也孤独了。我穿着牛仔裤白衬衫穿行在大街小巷中。我望着从身边匆匆走过的人影，还有那蓝得透明的天空，忽然感觉到自己内心的空虚。

这些，那些。我记不清谁在我耳边轻声说过的话语。

我需要一场旅行。背着一个宽大的双肩包，里面放上几件心爱的衬衫，两条磨得有些旧了的牛仔裤，几件内衣，KENZO 的香水，NIKON 相机，再套上厚厚的羽绒服，我选择出发。目的地桂林，我想去看看阳朔的西街。

走进飞机的时候，我从穿着整齐蓝色礼服的空姐手中接过一份报纸：China Daily。从过道中走过，找到 F15，是一个靠窗户的座位，我特意挑选的。打开窗户上的玻璃板，阳光柔柔地照着我的脸，我读着报纸，等待起飞。一声轰隆隆的响动后，飞机在长长的跑道上慢慢加速地滑动，耳膜开始有微胀感，大约滑行了有二百米的距离，飞机拔地而起，刺向了蓝天。我喜欢这种失控的感觉，有莫名的冲动，我看见大片大片的云朵就在旁边，似乎伸手可及，它们像绵延的白色山脉，此起彼伏，它们没有声音。

这一个瞬间，我想把 SAMMI 和莲都忘掉，做一个没有心事的男子。没有承担，没有遗憾或失落，仿佛我们从来就没有遇见，而远方，会有我希冀的自由彼岸。

两个多小时后，我降落在桂林，一个干净而灵秀的小城。没有停顿，长途车直奔阳朔，在车上的时候有些困了，于是和衣睡去。醒来的时候已到了阳朔，下得车来，拐过几道弯，就站在了西街悠长的石板路上。深深地呼吸，古色古香的民族建筑、肤色各异的人群、古老的手工艺品、异域色彩的酒吧，满街都是啤酒和小资的味道。

我曾经在梦中来过这里。

住进古朴的酒店，二楼朝南的房间，我放下行囊，打开淋浴。温暖的水流从我的身体滑过，源源不断，洗去了疲倦，感觉酣畅，换上干净的白衬衫，水磨蓝牛仔裤，我在镜子前看到自己明亮的容颜。

你是一个自由的人，我这样告诉自己。

西街上很多餐厅，都是或民族或西洋的味道。我还是选择了中餐。阳朔著名的啤酒鱼，鲜嫩的草鱼用啤酒浸泡，吃到嘴里滑滑的，漫着清新的香味。还要了炒田螺，满满一盘，用牙签轻轻地挑，把壳子放在一个淡蓝色的瓷罐里。米饭是盛在木碗里的，很原始的感觉。吃饭的人很多，生意很好，老板告诉我，在这里要等待天黑，西街的夜会有你意想不到的美。

旅行其实是一个人发掘内心，和心灵对话的过程。这个过程实际上就是眼睛、耳朵、脚步和灵魂的沟通与互动。

西街的夜果然柔软而绵长，灯光亮起，音乐悠扬。牛仔裤旗袍方巾披肩，中西方的时尚在完美地交融着。白胡子的老头推着四轮车卖莲子粥，蓝眼睛的外国青年在街心弹吉他，角落里有戴着墨镜的画师在为游人画像，酒吧的门口服务生挂起了“今夜，不见不散”的标记。不见不散，温暖的约定。

终究还是要想起爱情。杜拉斯说，爱情是心底不死的欲望。可是，我应该爱谁?

这个时候SAMMI在西安，可以听见钟楼那古老的晚钟声。莲在上海，外滩会有迷人的浮光掠影。而我，在阳朔，体验这风情万种的西街之夜。

“WAITING FOR ME”，等着我，喜欢这个酒吧的名字。等待，未知的一切充满神秘。也许在长长的时间后，我们会悄无声息地消失，再也不见；也许在一个不知名的时间，我们会暖暖地拥抱在一起。

酒吧里到处都燃点着香熏玻璃杯的红烛，洋溢着浪漫的氛围。拐角的地方有很大的透明鱼缸，红色的金鱼在欢快地游动。吧台附近有黑金刚橡皮树，笔直地耸立，大片的叶子，树下有懒洋洋的猫。我选了一个靠窗的小桌子坐下，要了大杯的苏打水和啤酒，再放上两片柠檬。我喜欢这样带一点奇异的味道，如同西街的夜，诡异妩媚。服务的小姐是当地的女生，扎长长的辫子，微笑的时候有两个甜美的酒窝。23 点之后，这里会成为欢乐的天堂。她指了指对面的舞台，告诉我，然后拿给我一摞关于阳朔西街的书，厚厚的铜版纸，咖啡色的内页，有格调的文字。你会喜欢这里，她说，脸上有真诚而自豪的表情。

上午还在寒冷的北京，晚上却已经在南方一条温暖的老街上。我闭上眼睛，想找到一条来时的轨迹。

我想起白衣飘飘的少年时代，坐在洒满阳光的操场栏杆上，朝着远方走来的喜欢的女生吹响亮的口哨，当她轻盈的脚步迈过我的身前，我却悄然无声。我想起大学里相恋了多年的北京女生，她给过我最纯洁的身体，也给过我一转身最坚决的背影。

发生了的，都已成为往事。而远方，只有流年的碎影，摇曳着。

长头发的歌手开始登台，身前是电子琴和麦克风，身后是三个人的乐队，鼓手、吉他手、贝斯手。灯光闪烁，音乐徘徊。先是较为柔和的《大约在冬季》《橄榄树》，歌手带着沧桑感的嗓音回荡在整个酒吧。我们开始怀旧，那些久远而不老的音乐和记忆，在一瞬间复活。然后是带一些动感的音乐，ROCK 版的《酒干倘卖无》《热情的沙漠》。全场开始躁动，台下的人群挥起了手，有些人站起来，尖叫声开始飞扬。我透过玻璃看窗外的西街，卖东西的小店都已经关闭，而所有的酒吧，都是人影绰绰。

这一刻，西街是糜烂的，音乐是毒药。我感觉自己也中了毒。

忽然发现自己的内心里渴望一种释放。职业生涯里太多的冷静和坚定让我在生活里变得麻木，我失去了那种随心所欲的快乐。我想冲破这样的束缚，我要重新出发。

惯性是一种疾病，我需要医治它的药。

歌手休息的间隔，是台下观众表演的时间。一个胖胖的男孩子走上台，低沉着嗓音，“我想把这首歌献给我的女朋友”。音乐响起，杨坤的《无所谓》，男孩有投入的表情。台下欢呼声一片，幸福的女生一脸天使般的快乐。

我为那个女孩子而快乐，希望他们的爱能够长在。有爱是幸福的，我告诉自己。

酒吧的服务生上去给男孩献花，他低头接住说了声谢谢，然后把玫瑰扔给他心爱的女生，大声地说着爱你。那玫瑰开得娇艳，一如他们盛放的爱情。我的眼睛湿了，忽然觉得幸福其实真的很简单。

我也想唱一首歌，我说。

“月光下的城城下的灯灯下的人在等，人群里的风风里的歌歌里的岁月声。谁不知不觉叹息？叹那不知不觉年纪，谁还倾听一叶知秋的美丽？早晨你来过，留下过樱花香，窗被打开过，门开过，人问我怎么说。你曾唱一样月光，曾陪我为落叶悲伤，曾在落满雪的窗前画我的模样。那些飘满雪的冬天，那个不带伞的少年，那句被门挡住的誓言，那串被雪覆盖的再见。”

那个有着很好看酒窝的酒吧女生，从台下走上来，吻我流泪的脸。你是一个让人心疼的男子，她说。我抱了抱她，轻轻地说了声谢谢。我只是想忘记自己的从前。

9

凌晨的西街，音乐散尽，青年男女们拥抱着说早安，他们现在需要睡眠。可是我一点也不困，我很清醒，从来没有过的清醒。好像有一道明亮的光线穿透了自己的内心，我看见最真实的自己，赤裸裸的，干净，透明。

拿起电话，SAMMI，你好吗？我在阳朔，我真的好想你。SAMMI的声音懒懒的，帅哥啊，我刚做了一个梦。梦见你啦，梦见你带我去看蔚蓝色的大海。

西街有最疯狂的酒吧，我寻找到了我想要的东西。可是我心里却很疼。

是吗？我现在好困啊。

现在是凌晨 2 点 30 分，我要告诉你，我爱你！ SAMMI，我爱你！

SAMMI 亲了下电话，我也好爱你。睡了，再聊吧，她挂了电话。

爱情沉在深深的黑夜里，我需要隔世的目光来照明。那层层叠叠涌来的，不是往事，而是爱的欲望。对于我而言，一切都是陌生，我打开了内心的另一扇门，可是我没有方向。

这陌生，来得太突然，我没有准备好。

10

北京。阳光暖暖的冬日午后，我约了莲。

亚运村阳光广场的STARBUCKS，莲最喜欢的地方。我先到的，坐下，然后看见莲走进透明的玻璃门。她脱掉浅灰色的大衣，里边是黑色的高领羊绒毛衣和深蓝色的西裤，精简的装束。

她坐在我的对面，很职业化的姿势。我从桌子下面看见她穿尖尖的高跟皮鞋。

两杯卡布奇诺，淡淡的蒸汽从杯子里升起，莲的脸模糊了起来。记不清我们说了些什么，也许是上海的和平饭店或者是王菲的演唱会。一切都不重要。

莲，我们没有未来。我看着莲，她没有说话。我们一直都没有找到爱情的感觉，我曾经认为爱情不过就是一场游戏，而游戏里的我们，是般配的对手，可是我发现我错了。杜拉斯说过，爱情是心底不死的欲望。

莲，如果我依旧停留在你的身边，我们会不会有真正的幸福？当我们老去的那一天，如果还不能体会到爱的感觉，那是想起来让人绝望的事情。

烟，我想要一支烟，莲说，她没有表情。我给了她一支 555，我一直抽的烟。点燃，她长吸了一口。也许我们从来就没有开始，所以我们也不需要结束。我的爱情没有任何幻觉，莲端起白色的杯子，狠狠地喝了一口咖啡，希望你的感觉不会是错觉。

莲转身，走了，再没有声音。桌子上我的卡布奇诺安静地躺在杯子里，一口都没有动。我不爱喝咖啡。

我侧过身来，冬日的阳光透过玻璃照在我的脸上，我睁不开眼睛。窗外的城市像一个巨大的伤口，它不流血，但是清楚地感觉到疼。

11

收拾了东西，我准备去西安。

我需要 SAMMI。心底一直有这样的声音，盘旋，挥之不去。

没有告诉 SAMMI 我要去西安，我喜欢形式上的意外感，比如惊喜，再比如奇迹。未知的东西总是会有更迷人的味道。

我想拉起 SAMMI 的手去看华清池贵妃的倒影，我想在大雁塔的落日下吻 SAMMI 那涂着粉色星星的唇。我们要诉说，我们要拥抱，我们要爱到天昏地暗，我们要爱到“山无棱，天地合，乃敢与君绝”。

我想让我们的爱情成为化石，流转一万个光年。

在黑夜来临之前，我走过了从前的自己。我终于可以爱了，不惜一切。

打开笔记本，黑色的 IBM，点开 IE，百度关于香港的介绍。我可以带 SAMMI 一起去那里，听香港温柔得令人陶醉的海风，看香港愈夜愈美丽的霓虹。在翻过一个又一个漂亮的网页里，我看见一线被阳光照耀的色彩，让我沉溺。

电话忽然响了，是 SAMMI。她懒懒的声音，HELLO，我在逛街。我习惯性地问了句，和谁？和我的男朋友，她的声音有些犹豫。

我愣了半天，没有再说什么。轻轻地一声叹息，我挂掉电话，心里很疼。

这时的窗外，忽然下起了雪，大片大片的雪花。我下楼，站在空旷安静的马路上，抬起头，天空没有星星。雪花落在我的睫毛上，湿了。那不是我的眼泪，我的泪流在了心里，苍凉到彻底。

为什么？她曾经那么爱我，我感觉到恐惧。什么都不能长久，除了时间。

爱情，是不可控制的事情。而留下的，只是心里残存的回声。

12

西安，我还是来了。

灰色的城墙为这座古老的城市涂抹了一层悲壮的色彩，往昔的繁华不再，涌上来的，是层层的疼痛。

这座城市没有雪。

给 SAMMI 打了电话，听见优美的女声，您拨打的用户不在服务区，请您稍后再拨。黄昏的太阳是孤单的金黄色，把我的影子拉得修长。我在这个陌生的城市，一圈圈地走着，我不知道我该走到哪里。

很大的风。我听见呼呼的风声和内心里挣扎的声音。

我又拨 SAMMI 的电话，经过漫长的等待，通了。SAMMI，我在西安，我想见到你。15 分钟后，我看见打 TAXI 过来的 SAMMI，她穿着白色的皮衣，红色有花纹的裤子。看见我的时候，她伏在我身上，哭了。

SAMMI 领我去了南大街上的皇家咖啡屋。我们坐在一个安静的角落里，对视了整整 57 秒，我感觉到有某种残酷的情绪在燃烧。SAMMI 问我想吃点什么，我说不吃了，我不饿。她要了两杯奶茶，SAMMI 知道我不爱喝咖啡。我说 SAMMI，我想找到你。SAMMI 伸出手臂，抚摸我的头发。

我曾经属于你，可是我们已经回不去了，我现在爱上了别人。

SAMMI 的眼睛又湿了，她还是那么爱哭。

我想起在北京的冬夜里，我的胃胀疼难忍。SAMMI 悄悄地起身，背对着我，一件件地穿衣服。黑色的蕾丝内衣，蓝色的毛衣，秋裤，牛仔裤，羽绒服。她不说话，出了门，20 分钟后，她拿着药回来，倒温水喂我吃，脸上有纯情的泪珠。

一切仿佛就发生在昨天，仍然触手可及。可是仅仅一个电话的时间，就变了。很多事情真让人无法想象。

SAMMI说，对不起，我不能再去爱你了。我们在一起，不会幸福的。我们之间有太多的差距，我始终追赶不上你的脚步。

听着SAMMI的话，我的心空空的。我说不出任何话来，可是SAMMI你知道吗，我已经找不到来时的路了。

真的应该安静，也许我们的爱情注定就是这样，爱过，却不留痕。SAMMI擦去了自己脸上的泪水，淡淡地说，忘了我吧，如一首歌唱的：有些人，一旦错过就不再。

不在的只是温暖，可是爱情还在。疼就疼在这里。

和SAMMI分手的时候，我发疯般地奔跑在西安的马路上，我想追上我所失去的东西。可是，无论我再怎样努力，远方，有的也只是渐渐浓重的黑暗。

我累了，靠在街边的栏杆上，感觉到手指的冰冷。一个衣衫褴褛的乞丐从我的身边走过，停在我的面前，拿一个铁质的碗向我乞讨。我看着他，他那苍老的面容，他那无助的表情，心里忽然很酸楚。

我从兜里掏出了两枚一元的硬币，投在他的碗里。当啷，我听见两声清脆而决绝的声音。

苍凉，疼。

一如我的爱情。

不问爱情

这是我在旅途上完成的文字。

它记录了更激烈，更阴暗，更残酷的感情。

但它不代表大多数人，它只属于那些心里有创伤的人。

当流尽最后一滴泪时，你还会爱我吗？

——题记

1

安安生下来的时候，左手长了六根手指。长到 4 岁的时候，外婆带她去算命，那是一幢老式的旧屋，有着阴暗潮湿的通道。安安紧紧地趴在外婆的怀里，使劲闭上眼睛，她感到害怕。算命的老先生看到外婆怀里的安安，发出了重重的叹息。敏感的外婆用乞求的口气追问着，怎么了，怎么了，求求你告诉我这孩子究竟是怎么了。老先生摸着安安的手指说，孽缘啊，你抱她回去吧，好好地待她，这也是你们唯一能做的事了。然后转过身去，走进了黑洞洞的房间里。外婆开始抽泣，压抑的声音如同呜咽着的风声，无比的苍凉。安安睁着明亮的眼睛，空洞地看着这一切。她听到黑暗中有个声音在低低地说，六指断命，六指断命啊。安安趴在外婆的怀里，她不懂这是什么意思，她只是希望外婆快点走，走到阳光底下去。安安什么都不知道，她只是害怕。

2

安安总是有很多突兀的想法，有时令人恐惧。永南常常想，安安是不是上天给他的一个梦魇，深陷其中，无力自拔。或许正如安安所说，她只是他身上的一个伤口，渗着鲜血，永远也无法愈合。安安微笑着说，只是微微地渗着鲜血，不会很痛，但会深刻。永南看着安安的眼睛，心里有无限的疼痛。似乎在内心深处，真的有那么一处伤口，在隐隐地散发着颓靡的气味。永南抱着安安，忘情地说着，安安，安安，我不会离开你，我会一辈子照顾你的。永南的眼中滴着泪水。安安缓缓地抽出身子，用近似冷漠的口气说，不会的，永南，有那么一天，你会厌倦我的，然后离开我，我知道我的命运。永南使劲地摇着头，不会的，不会的，你要相信我的真心。那好，你把你的心掏出来给我看，安安的表情如此冷酷。永南哑然，永南感觉安安的冷漠能让他崩溃。

在喧嚣的马路上，安安会突然挣脱开永南的手，奔向呼啸着的汽车，然后会听到一连串急促的刹车声和轮胎摩擦地面发出的尖锐的啸叫声。面对这一切，永南感到惊慌失措，这都是无法预料的生活，安安的莫名其妙让他心力交瘁。永南拉回马路中央的安安，摸到她的手指是冰凉的，低头看她的脸，却是欣喜的。安安趴在永南的肩头，对着他的耳朵轻声地说，永南，这个时刻我很快乐。

3

安安目睹了母亲的死亡。6 岁的时候，母亲把安安带到了南方的这个城市。安安不清楚母亲为什么要离开她们居住的那个小镇，安安只知道那里有疼她的外婆，有和她玩耍的伙伴，但最后她还是离开了那里。后来，安安终于知道母亲离开的理由：安安是个私生女。母亲带她来找那个她爱过、对她承诺过然后又要离开她的男人。站在拥挤喧嚣的城市街头，安安感到了不安。她突然觉得这个城市像一个张开口的怪物，在一点一点地吞噬着她的幸福。她有了要离开的念头，但握在母亲手里的她，是无能为力的。安安幼小的心灵有了莫名的悲哀。

那是个很英俊的男人。安安见到他时，他抱着一个和她年龄相仿的女孩，身边是一个神情高傲的女人。那张被化妆品修饰得无懈可击的脸，令安安感到厌倦。

安安的母亲也应该是个美丽的女子，只是长久的思念和感情的煎熬令她容颜憔悴。站在那个女人面前，她显得苍白无力。

然后是争吵，哭泣，那个男人始终沉默。安安站在一旁看着他的眼睛，那里有闪躲，也有无能为力。安安不知怎么，竟然有了恨恨的感觉，她想，她应该是恨他的。一直到双方都精疲力尽，这场争斗才算终止。安安的母亲拖着她，以绝望的姿态仓皇离开，她在转身的时候，再看了一眼那个她爱过的男人。安安听到了一个破碎的声音，好似玻璃瓶掉在了地上，发出的刺耳的声音。

安安感到饿了，但她不说。她知道她应该和母亲一样难过，而忘掉饥饿。在天空快要黑尽的时候，母亲跟安安说，你在这儿等我，妈妈去买东西给你吃。安安仰起头，眼神清澈如水，她抬手想去抚摸一下母亲的脸，有一颗大大的泪珠滴落在了她的手背上。母亲随着人流走开，留给她一个孤独的背影。

安安站在街角，抬头看了看天空。此时，天空呈现出了一种奇异的蓝色，像极了母亲绝望的瞳仁。安安身体开始颤抖，她冷，她需要温暖的拥抱。

突然有很多人涌向了街口处，并传来惊呼声。安安感觉有一双手在拉着她往前跑。安安拼命地跑，感到心要裂了般的痛。

安安夹杂在人群中，看到了高楼平顶上的女人。大风把她的长发吹散开来，像一只振翅欲飞的悲伤的蝴蝶。安安感觉眼睛里吹进了沙子，她拼命地用手去揉，手背上沾满了潮湿而温暖的液体。安安突然有了异样的感觉，好像身体里的某一部分正在被逐渐抽离。安安想去拉住它，却发现毫无办法，安安感到了深深的恐惧。她开始大叫，妈妈，妈妈，你快下来啊，可声音马上被风卷走了，没留下一点痕迹。然后，安安看见母亲以一种优美的姿态落下来。恍惚之中，安安竟以为那是一片枯败的落叶，她伸出手去接，却什么也没有，人群尖叫着四散开来。安安站在那儿，她看到了血泊中的女人，她离她是那样的近，近到能看到她睫毛上似落未落的泪珠。安安没有哭，她只是走了过去，用手接住了那颗滴落下来的泪珠。安安知道，她是孤独的，没有人会再去爱她了。

4

安安总是失眠。半夜的时候她会起来，坐在阳台上抽烟，夜风很凉，吹在皮肤上有冰的寒冷。永南醒过来，看到黑暗中的她，心中有隐隐的痛。永南从后面抱住安安，安安在他的怀里轻微地抖动着。永南知道，安安是需要温暖的。安安突然反抱住永南，喃喃地说着，永南，好好地爱我，永远不要离开我。永南拼命地点头。

安安，只要你快乐，你做出的任何选择我都能接受，永南说。安安转过头来，看着他，包括离开和死亡吗？永南愕然。

安安常常是寂寞的。她不知道她为什么不能正常地生活，面对忙碌的人群和喧嚣的城市街头，她就有莫名的厌倦。她感觉心里面有一个很深很暗的洞穴，在透着彻骨的寒冷。她只是害怕，她不停地跑，不停地躲，但最后发现，在城市的角落里她始终只是一个人。她有深深的悲哀。

安安最喜欢的事是在永南上班的时候，坐在地板上看书，累了就趴在沙发上睡觉，或是把房间打扫得干干净净。这些简单的生活，也能给她快乐。

永南心疼着安安，怕无边的寂寞会将她吞没。每天下班，永南都是不停地往家里赶。他知道安安是需要他的，他只有陪在她的身边，才感觉到安安是属于他的。工作的间隙，永南在休息室里喝水，望着对面大楼耀眼的玻璃窗，永南有着深深的疲惫。他感到生活的疲于奔命和无处可逃，有时会让人窒息。有一个念头闪电般地划过，像一幅色彩斑斓的画，闪耀着迷人的光芒。但随即永南就拼命地摇头，不会的，我是不会离开她的，永远。

5

你是个聪明且敏感的女孩，可是天生的忧郁能把你杀死，薄秋看着安安的眼睛，淡淡地说。

中学的时候，安安的作文总是被判零分。语文老师找到她，措辞严厉，如果你再写这些阴郁颓废的文字，我就让你的父母把你接回去。安安直直地望着老师，嘴角有微笑，我还有父母吗？我只不过是一株开在沼泽地里的孤独的花朵，自生自灭罢了。老师脸上有惊惧的表情，她实在不懂这个16岁的女孩脑子里想的是什么。

那个教美术的老师是个很英俊的男人，有着一头让安安无比迷恋的长发，他就是薄秋。在这个校园里他是唯一能令她感觉亲近的人。

每天的黄昏，安安都不回家。一个人坐在操场台阶上，看那些踢球的男孩，在操场上风一般地奔跑，那是安安喜欢的感觉。天边的晚霞燃烧得像火一样，变幻着诡异的颜色。安安托着下巴，心里空空的，整个世界此刻像一个巨大的容器，盛满了空虚和寂寞。

安安是不愿意回家的。母亲死后，她不得不和那个令她生恨的男人生活在一起，她从来都没有把他当成父亲。有时在吃饭的时候，她都会情不自禁地笑起来，笑声里充满了轻视和鄙薄。在这个家庭里，她始终是一只被寄养的动物，寂寞生长，冷暖自知。安安想，她是会离开的。

薄秋从阳光下走来的样子，令安安终生难忘。薄秋一直走到安安的面前，在她的身边坐下。在微风里，安安能闻到他身上散发出的迷人的气息。他们一直这样坐着，沉默不语，安安感到心中平静，她知道有很多东西都是言语无法企及的。天黑下来的时候，薄秋站起来，俯下身亲吻了安安的额头，他告诉她，我要走了。安安仰起脸，远远地望过去，像一朵盛开在风中摇曳的花朵，有着凄婉的美丽。

安安知道她爱上了他。

6

永南发现安安在大量服食镇静剂。那些白色的小药丸，看起来是如此触目惊心。永南变得愤怒，他第一次大声地呵斥她。安安坐在黑暗中，一言不发，安安的冷静让他无法捉摸。永南走过去，他抓紧了安安的肩膀。安安就这样看着永南，看他因激动而溢出来的眼泪。

坚持的沉默。永南终于松懈下来，神情变得困顿。他站起来，穿好衣服，转身锁门离开，安安看着这一切，心有被揉碎般的疼痛。但她发不出一点声音，她只能沉默地看着这一切。安安觉得她和永南就像是命运布下的一盘棋局，她在旁边观看着每一步，直至终局。

很多个夜晚，安安都在做着同样的梦。梦的场景不断地变换，但人却总是一样，高楼平顶上的女人，阴暗房间里的老人，面目模糊的男人。他们站在她的身边，拉着她的手说，六指断命，六指断命。她逃，拼命地跑，但她发现仍是在原地，哪里也去不了。这种无处可逃的恐惧，让她绝望。

永南在路边一家灯光昏暗的小店买了一包烟，555 牌，这是安安喜欢的牌子。永南是不抽烟的。一直以来他都是一个干净的男人，有好的事业，温顺的脾气。可是在面对安安的时候，总是有说不出的伤痛。似乎能随时失去她，又或是被她莫名其妙地伤害。他知道安安心里有一个很深的地方，他永远也无法抵达。

天突然下起雨来，永南就这样走着，心里充满了绝望。他想起有一天，他路过一条马路的时候，有一个算命的拉住他说，路到尽头，缘分已灭，如若坚持，必将两空。他是个不相信宿命的人，这些话他根本没放在心上，可在这一刻，他感到了恐惧。永南在雨中狂奔，他固执地想，不会的，不会的，我们一定能坚持到最后。

7

薄秋带安安到他的画室。这是一间陈旧的小屋，木制的地板散发着淡淡的陈腐的气味。薄秋给安安看他的画，安安看不懂画的些什么。只是那诡异的蓝，突兀的红，使她感觉眩晕，安安似乎闻到了其中的死亡气息。安安脸上挂着微笑，她知道命运如潮水般地向她涌来。

在满屋颜料刺鼻的气味中，薄秋俯下身子亲吻安安的嘴唇。他的动作粗重如同野兽，安安有着死亡般的窒息。风吹起了薄秋的长发，安安看到了他的脸。这是一张被生活和情欲挤压得有点变形的脸，带着一种不可抵挡的力量，覆盖了她。

安安感觉到了一个男人第一次如此深重地进入了她的身体，带着穿行的力量。安安紧紧地抱住了他，以至于用力过度而手指颤抖。窗外雷声大作，安安心里突然有了莫名的快感，她想到了那个英俊的男人，退缩的眼神和母亲的无助。她想她用自己的方式报复了他。

安安站在敞开的玻璃窗前，回头看了看铺在地上的画布，上面有绯红的血迹，像是一个凶案现场，有着难以言语的恐慌。薄秋在一旁抽着烟，沉默不语，安安轻轻地拉上门，安静地走了出去。安安想，她长大了，她可以主宰自己的命运了。

安安再次去见薄秋的时候，她是想告诉这个她第一个爱上的男人，她想搬出来和他一起住。安安推开小屋破旧的门时，她有片刻的眩晕。同样的地点，同样的白色画布，但是不同样的人。薄秋的长发四散飘动，安安看到那张被生活和情欲挤压得变形的脸，突然间变得陌生起来。她听到了心里破碎的声音。潮湿温暖的眼泪滴落在手背上，安安固执地把它抹掉，然后头也不回地离开。

8

在很长一段时间里，安安都会问自己，是否真的爱过永南。或许他真的只是她生命中的码头，只做短暂的停靠。但安安离不开他，她分不清究竟是爱他还是依赖他。她有时看到永南的眼神，心里会有很深的疼痛，她想，她还是爱他的。但是她无休止的纠缠和突如其来的伤害，让彼此都有点心力交瘁。

安安常常是寂寞的。她不知道她为什么不能正常地生活。她感觉心里面有一个很深很暗的洞穴，透着彻骨的寒冷。她只是害怕，她不停地跑，不停地躲。但最后发现，在城市的角落里她始终只是一个人，她有深深的悲哀。

永南开始很晚回家了，每天回来不是一身的酒气就是一身的烟味。安安安静地看着这一切，她不问，永南也不说。这个干净的男人越来越颓废，眼神也不再明亮了。

深夜的时候，安安起来抽烟，看到黑暗中上厕所的永南。他们在黑暗中长久地对视，然后仍是沉默地离开。没有言语，没有拥抱，安安低下头紧紧抱住自己的肩膀，她感到了冷。

9

永南照常很晚回来。他打开客厅的大门，里面仍是以往的洁净。去厨房倒水的时候，永南看到了卫生间地板上的安安，刺目的鲜血将她白色的睡衣染红。永南感到心里有一个伤口突然被撕裂了。

明晃晃的刀口下，是一根畸形的断指。它那样孤零零地躺在那儿，像一小截干枯的树枝，显得无能为力。安安的脸色苍白，永南紧紧地抱住她，泪水一滴滴地落在她的脸上。安安伸出手抚摸着永南的脸，嘴角有淡淡的笑容。永南，一切都过去了，记得小时候外婆带我算过命，他说我是六指断命，一生注定孤苦伶仃，无依无靠。但我知道我只要剁掉这根手指，什么都会好起来的。永南，你说是吗，永南，答应我不离开我好吗？

永南握着安安因失血过多而无比苍白的手，喃喃地说，安安，我不会离开你的。就算为你流干所有的泪，我都会一直陪在你身边，永远都不会离开你。

安安看着永南那张干净无比的脸，缓缓地闭上了眼睛。

时光　漫步

在阳光温暖的春天，走在这城市的人群中。在不知不觉的一瞬间，又想起你。你是记忆中最美的春天，是我难以再回去的昨天。你像鲜花那样地绽放，让我心动。也许就在这一瞬间，你的笑容依然如彩霞般。在川流不息的时光中，神采飞扬。

——许巍《时光》

纯白如我

我叫纯白色。纯洁的纯，洁白的白，色彩的色。

很阳光的名字，却时常有着背对阳光的习惯。

在时空的某一个瞬间里，我会竖起自己的衣领，审视行色匆匆的路人。没有人注意我，这样也好。我喜欢简简单单的状态，像一尾藏匿在深海的鱼，冷僻地环视着周遭的一切。

点燃了一支烟，我不吸，看着它自燃自灭，寂寞地燃烧，红色烟头一点一滴蚕食白色的烟身，非常从容的美。为什么吸烟的人总是用深呼吸来加速这种美丽的灭亡呢？很残忍，但也许这就是生活的定律。

彻底的征服必须以残忍作为代价。

20 岁的日子翻过，撕去的日历一页又一页，提醒着自己被青春剥落的年轮。

一个不大不小的年纪，有了一点经历，但还不能说阅尽沧桑。

所以，不能有太多的想法；所以，只能深情地守望自己原有的坚持。

爱情疏远得久了，便不会再有太奢华的期望。

所幸还有朋友，在月光下与我分一杯浓烈的酒。酒精中和着神经与大脑，灵魂就开始失重。

音乐。

交响着生命的节奏。

我喜欢林忆莲空灵的音色。

“今夜的心情像一杯没有烧透的咖啡，满嘴吐不出的苦滋味……”

这是我认为的华语乐坛最好的女声，有一点点颓废，更多的是难以言传的成熟与优雅。

也许还有王菲。

但坦率地说，我并不十分喜欢这个叫王菲的女人和她的音乐。

她有和我一样的寂寞深情、一样的若无其事；她的歌声里有完美的剔透的人性与丰富的声音剧情；或许，还会有更多。我都承认，但这并不能左右我的体会。

传播和欣赏，遵循的是不同的语法。

其实，王菲有自己的残缺，而且，很深。所以，她一次又一次在爱情中粉碎。

一个容易受伤的女人。

没有泪水，记忆中已经很久都没有哭过了。不是不愿意动情，而是害怕自己的情感在肆意的泪水中泛滥成灾。

可是这一刻，我非常想要一个理由，让自己深深地感动。

想起了那个漂洋过海的女孩和她冷漠而骄傲的表情。飘着雪的冬天，我最后一次拉她的手。

短短的一瞬，全是寒冷。留下的，是一个触手成冰的背影。

又想起少年时伴我嬉戏的美丽女孩。曾经在夕阳下很美的湖边，她用温柔的声音说永远爱我。

誓言仍然美丽着，而她却早已活在别人的爱情里，疯狂而鲜艳地生长。

往事的伤口都持续着，但痛却不再蔓延。我小心翼翼地保留这些记忆，即使带着苦涩。

因为至少曾有过那许多刹那，感受到了彼此的深情与珍爱，足够了。

爱与离别，有时候同样值得赞美。虽然有一点悲切，但，爱的力量不会消亡。

忽然，有了一滴泪水，很晶莹。

我依然纯情。

一杯卡布奇诺，就是一个长长的下午。丝丝扣扣的香浓，还有自己心跳的声音。

享受着、孤独着。许多纠缠过的情节在眼前模糊了，只有心灵独自清醒着。

我看到了蓝色忧郁的眼睛，我听到了水滴石穿的声音。

都是寂寞，如影随形。

一个人若不肯向世俗妥协，就必然会以孤独为代价。不是吗？只有生活得接近本质的人才会真正感受到孤独的魅力。

不要抗拒孤独。当然，这与爱情无关。

头发长并纷乱着。它们不规则地自由生长，不经意间竟然有了些许时尚的感觉。

风起，头发逆风飞扬，有节奏地跳跃。我很喜欢这种感觉，就像自己在灯火辉煌的舞台上翩翩起舞。

很飘逸，很美丽。我欣赏这样的自己。

因为这一点点的自恋，哪怕就只有一刻的幻觉，我也会爱上自己飘逸的影子。

还有网络，我的网络就是漂泊。

没有固定的QQ，聊天室也没有固定的网友，每一次都是陌生的相识与告别。这种神秘感使我长时间保持着上网的欲望。

我喜欢这样彼此潜伏的状态。

总是在用不同的名字：纯白色、深蓝、金黄……

用色彩绮丽着自己和对方的想象。极度错乱的时候，就能体会到一种错位的美。

再把我的文字贴在网上，然后期待。期待可以有如水的女生读我的文字、读我的心。我们可以长久地诉说苍白的生活和迷离的爱情。

其实，生活在网络中，我是另一个你，而你，就是另一个我。隔着天涯的距离，却可以十指连心；不需要诺言，就有了彼此纯真的爱抚。

因为大海的深沉，所以珊瑚无声。

朋友，我的心是柔软的。

当你读我的文字，当你在我的身边，我就会感觉到温暖。并不需要太多的语言，因为心底的坦然。

友谊与爱情，是情感的两极。我感受爱情，也体验友谊。

真的喜欢一位友人写在我的留言册上短短的文字："最大的愿望是，五十年以后，我们这一干好友还能够在风雨之中漫步。"

有了这样美好的愿望，我们就不会惧怕时光的衰老。

这些都是真的，愿所有的心灵都不再漂泊。

一个人的天荒地老

这一段日子，我不想写字，任自己的情绪虚空到彻底。潜伏在网络中，看那些不同名字的人，点击我的文字。他们在我的文字中游走，或者留下痕迹，或者没有表情。

在这个时候，黑夜慢慢地把我包围，周围一片寂静。房间里可以清晰地听到自己呼吸的声音，有着固定的节奏。

我知道生命的构成就是在一种细节中不断轮回的过程。

剥开一块巧克力，黑色的固体给我强烈的视觉刺激，穿透我的视线，隐隐地扎到了内心里很脆弱的部分。

我忽然发现自己渴望一种释放。

我需要进行一场与堕落有关的游戏，怎样都可以。

原来我也惧怕孤独。

太孤独的时候，只能看见阴影。在阴影的背后，是流泪的心灵。

2003 年我一直处于一个混乱的状态。

春天的时候，SARS 袭击了我所在的这个城市。没有任何征兆，仿佛只是一瞬间，太多的生命就告别了我们，告别了这个繁华的世界。

在电视里看到隔离病房中的病人，厚厚的口罩后面是脆弱的眼神。

那时候他们最怕面对的也许并不是死亡的恐惧，而是一种对生活的绝望。曾经所有燃烧过的梦想，都被病毒无情地摧毁了；曾经所有深爱过的人们，近在咫尺却远在天涯。

爱别离在虚空的时间里无言地浮现。

LESSILE 的坠落同样是个意外。一个出落得惊艳的男人竟然如同一个失手的精致花瓶，从空中跌落，摔得粉碎。只是一瞬间，他用这样很极端的方式拥抱了死亡。

也许对他而言，人世已不值得留恋，死亡才是完美的结局。

想起安妮说过："生命是一座恢宏华丽的城堡。轻轻一触，如灰尘般溃散。"

生命如此脆弱，好好地活着其实才是最真实的幸福。

快要搬家了，从此告别这个 9 平方米的小屋。2003 年我在这里住了几个月，屋子里的家具很少，暖气也不好。有一张床，黑夜里，我把身体寄存在这里；一个衣柜，装着我那些漂亮的衣服；一台音响，常常播放孤独的音乐；还有一张桌子，让我趴在上面读书和写字。

我像一只寄居的虫子，把身体缩在厚重的壳子里，只用写字取暖。

我在这里写出了《伴我到天明》——混合着想象和行为体验的第一部小说。在写作的过程里，我一直有一个冲动，想在故事里诉说自己所有关于爱情的理解和欲望。

可是惯有的散文式笔触分割了整个文章的结构。它没有成为一个终结的故事，很多情节其实都未完成。

有朋友告诉我，这样的叙述虽然很美，可是它还缺乏一点张力。

当我再度回首的时候，却发现自己什么都没有，除了空虚的眼神、流泪的容颜。

我知道我无力拯救。

必须承认，我是一个始终在追逐着华美感觉的人。在我的笔下，最多的是华丽，快乐是华丽的，伤口也是华丽的。不断地虚构，不断地想象，我在沉溺中获得安慰。

无法忍受自己的文字赤裸裸地暴露在空气中，被无聊的口水流传。所以我一直以冰的态度和语言，书写都市森林里的种种情感。

多数时候，感觉自己像极了一只自恋的孔雀。一次次努力展开美丽的羽毛，又一次次让自己徒劳地坠落。

因为孤芳自赏，所以一直挣扎在绝望的边缘。

安妮说：写字，然后被阅读，这是一场没有终止的漂泊，我只把我的文字写给相通的灵魂看。

可是有些人永远都不会懂，那些沉淀在文字血液里的某种心痛。

时光流动，这一年我静静地看着太阳升起落下。日子舒缓得像一首没有起伏的歌，渐渐地在流失中成为习惯。

经常会说起爱情，想起往事里的浮尘。我把它写得温婉，可心痛仍然刻骨。爱过的人已如风，不知道漂泊在谁的怀抱。我只有在每一个清冷的早晨，渴望着爱情的余温。

不止一次地问自己，这样的状态什么时候才可以停止。听见心底模糊的声音：你是一个注定带着伤的人。

流浪，也许是我今生的宿命。而爱情对于我，是否也只是一个遥远的传说。

窗外有风奔跑的声音，我知道冬天是残酷的季节。

2003 年我又写了不少的文字，它们被发表在网络中，任别人的目光抚摩。我躲在文字的背后，只露出一双黑色的眼睛。

我喜欢这样潜伏的状态，可以让我从容地感知网络中所有的陌生。

一直都相信每个在网络中写字的人都有相同的目的。他们渴望表达，他们渴望通过文字触摸到自己或者别人的思想，他们都是孤独的孩子。

这样的人很多，我也生长在其中。

作品不断地被更新，我在阅读别人的同时也被别人阅读。我发现我所喜欢的文字都渗透着寂寞的味道，像阴暗处悄然生长的植物，散发着迷离的气息。

我沉浸在其中，闻到诡异的芳香。我知道那是赤裸的灵魂里最深处的味道。

给自己倒一杯清水，吃着一种叫 21 金维他的营养素。白色的瓶子里是褐色的药片，淡淡的苦。一个漂亮的女孩子送给我的，时间很久了，但是我依然清晰地记得她纯真的声音。在电话里，她告诉我，读你的文章会有太多的眼泪，我说你可能太认真了，她说着说着就哭了，我说你要快乐一点，她告诉我应该快乐的是你，你的文字太华丽，太脆弱，你需要拥抱，需要被呵护，我在电话里顿了一下，然后说，你说得很对。

后来她告诉我，她不会再看我的文字了，没有说原因。我知道，她一定是恋爱了。

不再心痛，才可以找到爱情的感觉，而眼泪，只能湮没在那些需要被遗忘的记忆里，留给属于一个人的天荒地老。

三十七度纯白

如果纯白色是世界上最寂寞的颜色，我想，也一定会有许多像我一样的孩子义无反顾地爱上纯白色。

春天是适合幻想的季节。

头发长了，剪短；再长了，再剪短。变了的是心情，不变的是寂寞。

两年前，也是在一个寂寞的春天里，我写下了《纯白如我》，里面有赤裸的灵魂和安静的文字。

记得自己当时留长长的头发，戴粉红色的太阳镜，穿白色的衬衣，蔚蓝色的牛仔裤，走在阳光里，穿行在季节中。情绪纠缠，诺言化为单薄，一路的孤独追逐，沉默成了宿命。

文字的征程，是一场望断天涯的旅途。

妈妈说我小时候是一个听话的孩子，一个苹果的诱惑，就可以让我安静一整个午后的时光。听这些话的时候，自己就会莫名地笑起来。原来自己的从前，居然是那样可爱。现在我的手里握住那些古老的照片，才忽然意识到童年已经是很遥远的事情。

不过我还是习惯称自己为孩子，因为我始终欣赏孩子眼神里的那一汪纯净。他们的脸上写着令我羞愧的文字，标记着正在长大的我们经历着的逐渐远离纯净的过程。

我们在意念里一直拒绝着成长，可是现实中，心却已经在莫名地苍老。这是一件忧伤的事情。

城市有太多的伤口，其中又包裹着太多令人鄙夷的灵魂，我们在其中忍受着、孤独着、清醒着。也许只有爱情，才是拯救的唯一理由。安妮说，爱情是一场偶遇的烟火，所以我漂泊。在生命的旅行中，我希望邂逅我渴望的爱情，然后刻骨铭心，再然后海枯石烂。

很多时候，我会跑到高高的山顶，坐在草坪中，仰着脸去看天上纯白色的云朵。它们没有表情，在淡蓝色天空的映衬下，越发显得寂寞。随身的 MP3 里，蔡健雅的声音如水，从耳朵流进心底，占领灵魂深处的空白。阳光很好，温暖着我眼角隐约的湿润，我可以梦见一片白色的草原。占梦的人说，那里是时空的断层，那里没有任何可以蔓延的声音。

我沉迷在这样的幻想里，无法自拔。也许只是短短的几秒钟，在我的心里，却仿佛已是很久。

忽然的一个下午，我想起了那些曾经与自己擦肩而过的女孩，牵过手的日子如同一杯清水，回忆里什么都没有。

我想自己实在不是一个好的诗人，语言和错觉一样，沉陷在寂寞的轮回。

从咖啡到烟，从流泪到失眠，我忘记了自己曾经是一个唯美的少年。

累了的时候我躺在卧室里的双人床上，橘红色的床单和被子，包裹自己赤裸的身体。天花板上掉下来细碎的灰尘，漂浮在空气中。我选择遗忘。

春天是温暖的季节，可是他们都说我表情冷漠，一张忧伤的脸，爱上的是黑色的青春。是的，我喜欢拥抱黑夜，因为只有在黑夜里我才觉得安全。白昼是一种欺骗，爱情也只是传说中的海市蜃楼。在自己拼命地一路狂奔之后，却总是和寂寞抱个满怀。

只有在夜色里的拥抱才是一种真实的幸福，虽然短暂；身体的接触是欲望的飞扬，即使简单。天亮说晚安，心疼地告别，可是我们彼此却感觉到了对方在自己心底停留。

想起 SAMMI 的歌：“如果我是一个精灵，忘了上一秒钟的事情，做个没有记忆的人可不可以？心里有云，身体很轻，是上帝给我一个假期。一个人飞是一种美丽，让我在天空飞檐走壁。半空中我问我降落的心，是不是忘记了心痛的事情？哪里是我的降落点？让我来决定；半空中我和我降落的心，去寻找另外一个天地，这一次我一定要告诉自己，命中红心。”

一场铭心刻骨的伤心后，我仍然相信有一个人会在某一条幽静的小路上等我，等我悠悠地从半空落下，站在她的面前，然后她吻我的掌心，爱如潮水，一瞬间把我们淹没。

纯白色，每次敲这几个字的时候，我的手指都会轻轻地疼一下。很多人告诉我白色是寂寞的颜色，爱上纯白色，就是爱上了虚空和寂寞。我淡淡地笑一下，白色其实是最从容的颜色，而寂寞，只是更加渲染了它的传奇。

衣柜里有很多白色衬衣，衣服上有我的体温，我似乎可以感觉到它们的呼吸。选了一件肩头有花纹的穿在身上，走出房间的门。春天的夜空很干净，风把星星从东边吹到西边，又从西边吹回到东边。远处的霓虹灯不停地闪烁，有一些耀眼和招摇。妩媚是夜的城市永恒的表情。

好像有人曾经在铺满星星的夜光下俯在我耳边悄声地说我爱你，可是我怎么也想不起她的模样。

速度感有时候也是一种奇妙的感受，我在空旷的大街上把单车骑得如同飞翔，这种状态让我陶醉，就好像走在了时间的前方。

前方有梦，梦的前方，是更遥远的梦。

我的朋友很多，都是一群在现实里挣扎的男生和女生。每个人都在诉说着自己的疲倦，却没有人愿意真正停下来休息。周末的时间，大家会聚在一起，玩一种叫作红桃四的扑克游戏，在游戏里追逐和被追逐，这是我们最放松的娱乐方式。

人群中不断地有人结婚，又有人离婚，还有人单身，生活有时候真的令我们失望。凌晨 3 点，只有我们的房间还有灯光。我们燃烧的是希望，等待的是黎明。我们连对快乐的定义都运用了一种残酷的名义。

我是金牛座的孩子。

在一本书里偶然看到，金牛座的男生身上都有挥之不去的唯美情结。我很快乐，同时也很忧伤。快乐的是我读到了自己身上凝聚着的气质；忧伤的是唯美注定寂寞，因为它的不可能。

忧伤和快乐并存，就像影子和身体的缠绵。

偶尔我也会坐在注满阳光的广场上灿烂地笑一下，于是我竟然成为你最温柔的想象。一个陌生的女孩对我说，你的身上有一股迷人的香味，让人有想去拥抱的冲动。我说，是吗，你在我的笑容里看见了生命中最初的晴朗。

我感觉我的生活就是在不停地行走，用寂寞的姿势，可是有一天有人告诉我，其实你的内心是温暖的。只是，它需要被一个人来唤醒。

倾听着，脸上竟然有泪。

三十七度纯白。体温如我，寂寞也如我。

零零乱乱的文字和心情，记载着自己来时的路，而所有深情的对望，也都在纯粹的情绪里找到了自己皈依的方向。

他比纯白寂寞

如果因为寂寞，而爱上一个人，结果只会更加寂寞。

点上一支烟，眼前的一切开始虚无。

很热，汗不停地滴，我看见它们从自己的皮肤中渗透出来，在灯光下显现出晶莹的色泽。某些时候，我喜欢这样一种接近于虚脱的状态。无所谓，把自己抛出这个充满欲望和追逐的世界。

我不是一个能够完全超脱的人，我承认，有太多的悲喜撩拨着我的脉搏。欢乐与幸福，恐惧和失落，朋友说我还是没有真正地学会从容。

经过一场刻骨的爱情后，感觉自己的情感本能地变得迟钝。有时候甚至可以很长时间都不去想它。我仿佛是一只藏在深海里的鱼，一睡就是一整个季节。

我的名字是纯白色，完美的颜色，寂寞而美丽。它代表潜意识里的自己，我希望我可以在幻觉里升华。远离世俗的尘埃，拥抱最美的时光。

纯白是我心灵里的影子。

身体和灵魂的对话，是一种彻底的放纵。赤裸，深入，快感，我只是一个简单的孩子，一如纯白。

总是在这个时候想要一点音乐，情歌，SAMMI 或者林俊杰。爱情是没有声音的电影，无论你怎样品尝，结局都已经注定。有缘，牵手一辈子；无缘，一夜之后形同路人。我明白这一点，所以肆意放纵。

相框上积了厚厚的一层灰，我用手去擦，留下划过的指痕。相框里的我有一张青春的容颜，无邪的笑容，像一个孩子。

我喜欢用孩子来称呼自己。不是不想长大，而是怀念孩童世界里那最初的纯真。婴儿的眼睛，如同钻石，他们的脸上写着令我羞愧的文字，我确信成长实际上就是一个逐步告别清澈的过程。想想就觉得忧伤，我们极力想看到的真相，想了解的全部的面目，它的实质，却是我们最不愿承认的虚伪和苍老。

纯白的文字是坦白，但不是救赎。

一个在网络上认识的朋友在面试中失败，我看见她的脸上写满失意。从英国到北京，她经历了很多个浪迹天涯的日子，却终究还是和心仪的理想擦肩。看着她忧郁的表情，不知道应该怎样给她安慰。我想，我能理解她的难过。

曾经在北京，我看到过一场最寂寞最寂寞的雪。纯白色的雪花织成了一张白色的毯子，无边无际，把我的身体覆盖。指尖上落下寂寞的雪花，像白色的星星，闪动，一瞬间的美丽，然后融化。我在白色的世界里旋转，觉得自由，觉得时光那么长。

如果流浪就是这样，我情愿永远背上远走的行囊。

那个时候的北京，对我而言，是一个陌生的城市，而停留在这里，则是我永恒的情结。这个城市是我生命的指针，一直萦绕在我的呼吸里，成为信仰，不舍不弃。我想起在校园的角落里默默读书的自己和那个曾经深深爱过的北京女生，他们都成了过去。我得到了，我也失去了。青春很稀薄，每一步都是出发。

很多年以后，当我骄傲地伫立在这个城市，才发现原来它真的和其他的地方没有太多的不同。爱情已散落在天涯，了无踪影。我像一个无助的孩子，躲在寂寞里，那么安静。

于是想起纯白。

纯白说，爱情是一场充满温度的游戏，游戏过后，一切归零。

有时候连自己都惊叹于纯白文字的洗练。一种华美，把忧伤终结，纯白让我有更多的沉溺。

闲散的时间里，我喜欢一杯又一杯地喝纯净水。我渴望远离浮躁，太多的缤纷和热闹，已经让生活失去了最本真的韵味。我沉默着穿行于四季，他们把这样的表情叫作冷漠。可是只有我知道，其实自己的脸，永远向着阳光。

天上总是有那么多洁白的云朵，随着风轻轻地浮动。每次当我仰望它们的时候，内心都会充满由衷的快乐。它们是自由的，它们是透明的，它们负载了很多像我一样深情的凝望。

我用一个陶瓷的白色杯子，我喜欢把它握在手里。掌握感是一种奇妙的东西，它代表拥有和安全。

寂寞的人多半有一点点自恋，有一点点缺乏安全感。

情感往往危险，尤其在失控的时候。

关系很好的一个南方女生，刚刚遭遇爱情的变迁，遭遇了几乎和我相同过程的失恋。美丽的脸上写满了疲惫，心的负累，沉重，如同五指山。我清晰地记得她戴墨镜的样子，从阳光下走来，白色的衣服和黑色的裤子。脚步很轻，个子不高，像一个精灵。走近我的时候，我感觉到空气中忧郁在蔓延。的士在城市里飞翔，我们面无表情。偶尔有对话，她给我温婉但是牵强的笑容，我感觉到她的呼吸里都是心事，是难以掩盖的忧伤情绪。想拉一下她的手，可是我没有。在那一个黄昏，紫竹桥的下边，我看到一个转身的背影，那么无力，无声，成为一种心痛。

我很想哭一场，因为某种说不出的凄凉，如同宿命。

我记得那天我一个人走了很远的路。没有方向，茫然的我，仰着脸对着落日大声地歌唱，春天在哪里？春天在哪里？儿时的记忆，模糊成记忆的碎片。有风，划过我的身体，我感觉自己像一只寂寞的鸵鸟，飞不出那一片金黄色的沙漠。

这个时候纯白一定也在行走，他是一个永远都在路上的旅人。一双忧伤的眼睛和不知疲倦的脚步。他穿蓝色的牛仔裤和纯白色的衬衣，洁净、直接，有不媚俗的心灵。

在镜子里面找到自己，我也穿蓝色的牛仔裤和纯白色的衬衣，同样的洁净与简洁。隔着一张玻璃，一切仿若幻觉。

很多人说镜子前的我是那么自恋。我觉得无所谓，自恋很简单，爱是两个人的事情，自恋却只是一个人的事。

张爱玲说："自恋是一个人直抵灵魂的捷径。"所以她孤绝，只用文字和时光对峙。每次阅读她的书，都像是在陈旧的阳台上听窗外残破的雨声，微凉，气息缓慢而悠长。我迷恋这种近似于麻醉的感觉。

一直都很喜欢陌生的东西。一些疏离、一些神秘和一些距离。总觉得在某一个时刻、某一个地点会有一个陌生人默默地凝视着我。相遇只是偶然，爱情也只是一瞬间。轻轻地抬起自己的手臂，黑色的地面上有一道长长的影子。原来落寞也是一种温柔。失去温度的温柔，像一杯凉透了的咖啡，低调而悠扬。我只爱陌生人，王菲在唱游。

曾经很多次幻想过自己可以用一种华美的姿势，把我所希冀的陌生望穿。我选择写字，用跳跃的思维抒情。文字无声，却可以摧毁所有与心灵有关的防备。当所有的欲望被文字漂白，我终于看见安静的幸福。

缤纷的烟火之后，沉寂也成为一种致命的美。

很多人都喜欢用王家卫的电影来诠释寂寞和陌生。一个冷漠的人，一种冷漠的气质。他永远都戴着墨镜观察世界，他的电影画面里永远充斥着大片大片的黑色。那些黑色的视图好似一个又一个的伤口，痛，却看不见鲜血涌动，冷艳，张扬。我们都在黑色的幻觉里轻易地沦陷，然后窒息。我无力抗拒，只好任着它把我狠狠地淹没。

寂寞的潮水之后，一切如初。

原来完全由技术制造出来的寂寞并不是真正的寂寞。像纯白说的：“寂寞是自己的感觉，与他人无关。”

如是，我似乎更钟情于张艺谋的视觉语言。《英雄》里飞雪的一剑，层林尽染，漫天的红叶在飞。张曼玉哀怨的眼神，投射在我的心里，如影随形。

我想我可以记住那个画面一辈子，定格在一个静止的时间，它有挥之不去的寂寞。

寂寞的孩子，寂寞的心灵。

很羡慕纯白可以在文字里诉说，那些美丽的句子、细致的情绪、淡雅的忧伤，不需要保留和遮掩，赤裸裸的，放飞自己的心灵。我看见很多美丽的眼睛，他们触摸纯白文字里的曲折，彼此相依。有时候我相信纯白会在静寂的深夜里流下忧伤的泪水，为了他心爱的文字，为了他所期盼的如水女生。

纯白曾经这样写过：爱上了纯白色，就是爱上了寂寞。很简单的句子，很强烈的表达。文字和现实，纯白和我，究竟谁是谁的主宰？谁又是谁的过客？无从分明的时候，容易产生所谓的错觉。灵魂失重之后，才能体味最纯粹的人性。

从第77街的地下广场走出来，一个身材高挑的女孩子拉住我。先生，我是一名星探，你进入了我们公司的视野，我们是否可以谈一谈。我微笑着拒绝了她，我不要再玩这样的游戏。想起自己拍平面广告赶场的那段日子，从黎明忙碌到黄昏。我看见沉默的天空和眨眼的星星，它们都无声地陪着我奔跑，我会莫名其妙地笑。未成熟的脸、年轻的眼睛、热情的心，曾经我渴望过着那样光鲜的生活，有掌声，有鲜花，有很多追随我的人。可是现在，我喜欢自己目前的生活，梦想和现实始终保持着适当的距离，而自己，永远都在追寻的路上。

想起几米在漫画里说："他梦见，他轻易地举起一只大象；一只大象梦见，被一个人在梦中轻轻地举起；他与大象，都希望美梦成真。"

是我完美了你的梦，还是你的梦完美了我？

纯白，在零度以下，做一个燃烧的精灵。我在MAIL里看到别人送我的文字。在冰点以下燃烧，内心需要储藏多少热量？

“一直以来都习惯了默默地写字，写到凌晨，写到疲惫的尽头。我以为我什么也没有。黑夜里没有梦，我告诉自己，只有激情，然后狠狠地燃烧。可是现在，我知道其实我并不孤独。读着这样的文字，我更加热爱我所珍爱的世界。穿行在其中，我有淋漓的快乐。那不仅仅属于我，也属于所有阅读过纯白的人。”

我看着这个自诩为孩子的男人的文字，心里忽然有暖暖的感动。像安妮说过的一样，曾经我恐惧自己有一天会失去所有的梦想。只有那种心如死灰的沉寂。

可是纯白色，他是坚持的，坚持用青春实践自己的诺言。在这样的路上，他漂泊的身影使我为之动容。

其实我本来是想写一段温暖的文字的，可是对我而言，温暖似乎是一种奢侈的东西。近乎残酷，需要用忧伤和寂寞来表现。你们看不见我寂寞的手势。一个字一个字落在键盘上，有时候还有眼泪。我珍惜从我的手中流淌出的任何文字，他们都是有生命的，我知道他们的价值。我的读者来了又走，走了又回来，爱了，不爱了。可是纯白色依旧，没有任何颜色可以取代。

如果因为寂寞，而爱上一个人，结果只会更加寂寞。他比纯白寂寞，你是否还有勇气爱上这样的我？

七年

落落喜欢在太阳快要落山的时候，坐在城市中心公园的湖水边，看金色的夕阳一点点把平静的水面染红。这个时候落落会想起平来，那个曾经和她掌心对着掌心，笑容温存的男孩。

平离开落落已经很长时间了，一直都没有消息。童童对落落说，放弃吧，无望的等待是毫无意义的事情。7 年，是一个并不算短的时间，是一个太多事情都可以改变的时间。可是落落相信平会回来，因为落落一直记得平和她分别时的眼睛，那平静如潭的目光泛起一汪幽蓝幽蓝的潮湿。

平是安定温和的男孩，沉默的性格，少年老成。上学的时候，平比落落大两届，当落落考进大学的时候，平已经大三。作为校学生会的主席，平的身影频频出现在学校的各项活动中，而落落正好是个文艺天才，顺理成章地进入了学生会的文艺部。接触的机会多了，平和落落渐渐熟悉了起来，落落欣赏平的成熟洒脱，而平喜欢落落的伶俐脱俗。几个月的时间，彼此爱慕，终于坠入爱河。

时光如梭。落落和平的一年幸福时光匆匆地过去了。平因为漂亮的学习成绩和在任学生会主席时显示的才华，成为学校唯一的一名保送生，被保送英国的一所著名学校继续深造，时间是 7 年。落落想到这漫长的分别，心里就会有莫名的痛。而平依然是那样安静，他的笑容让落落觉得温暖、踏实。

落落始终记得平走的那一天，天空飘着微微的雨水，连时间都那么忧伤。平的眼睛，那有如潭的目光和一汪幽蓝幽蓝的潮湿。平抚摩着落落长长的头发，我会回来的，你要好好地生活，如果真的累了，或者爱上了别人，我也会理解你。落落紧紧地抱住了平，平，我只要你，你要回来，平，七年，我等你。

那一夜，落落把自己的身体给了平。落落正好 20 岁。

平走了以后，落落感觉到了时光的苍凉，孤独，日复一日的孤独。

落落开始了另一种生活，她沉默了，内敛了，矜持了。朋友们都说落落越来越像平，少年老成。落落退出了学生会，从此再也不在学校的文体活动中露面。落落只喜欢在阳光很好的下午，捧着英文课本，一个人走在校园的林荫小路里。树荫下落落的影子那么长，那么飘零，谁也不知道她在想什么。是在思念遥远的平，还是在安慰和鼓励自己那颗等待的心灵？

平偶尔会有电话和信件过来，告诉落落他很好，学习优秀，生活自由，用奖学金买了一辆二手的汽车。周末的时候他会和来自全世界的同学去郊外看漂亮的山脉、溪流和野花，平说这里很环保，很美。平还说很想落落，落落接电话的时候总是说不出话来，她不知道她应该说什么，只是说哦哦哦，最后说你要好好照顾自己，平。当电话挂了之后，落落才会想起，自己应该告诉平，我真的好想你。

后来平的电话和信件越来越少，再后来终于没有了任何消息。落落按照平来信的地址寄过很多信，可是都没有回音。落落常常会偷偷地流泪，平，你到底怎么了？我很担心你。落落在心里一遍遍地询问着自己，可是却得不到她想要的回声。

童童总是在这个时候陪着落落，她知道落落对平的依恋。童童是落落最好的朋友，从幼儿园开始到小学再到大学，她们都是一起长大的伙伴，还是无话不说的朋友。童童一边帮落落擦去眼泪，一边对落落说，诺言是脆弱的东西，落落，你不能太相信诺言。落落告诉童童，我和平之间没有诺言，可是我相信平，我相信平分别时眼睛里平静如潭的目光和一汪幽蓝幽蓝的潮湿，他是爱我的，童童。童童抱住落落瘦小的身体，好吧落落，我陪你等平。

一晃眼两年的时间过去了，平依然没有消息，而落落也习惯了这样的日子。大四的校园生活像沸腾了的开水，无法静止，同学们都开始积极地筹划自己的未来，忙工作的想尽一切办法，找寻各式各样的招聘信息；忙考研的废寝忘食，义无反顾地啃着课本和习题；而落落却什么都没有做。落落曾经也想考GRE出国，漂洋过海去寻找平。可是落落的父母不同意，就这样一个女儿，怎舍得让其流落天涯。落落是孝顺的孩子，也只好随了父母的愿望，并且在父亲的安排下进了一家国有企业的人事部门。

落落的工作是清闲的，录入些人员档案和信息，月底再给单位做一下工资的汇总和划分，简简单单，收入却还算可观。童童进了一家外企，做市场策划，很忙。可是她们依然每个周末都会在一起聚聚，童童说，落落，我陪你等着平的消息。

落落在单位的时间，除了手上的工作，就是上网，在一些文学论坛里读些与爱情有关的文字。她在心里默默地念着平，偶尔会和童童说说心事，一天又一天，简单地重复着。这样的日子，一过又是两年。期间有年长的同事试探性地问落落，你有没有男朋友，要不要介绍一个给你，落落总是婉言谢绝。她的心里有平，她始终记得平和她分别时眼睛里如潭的目光和一汪幽蓝幽蓝的潮湿。

落落相信平会回来。

在第五个年头，落落学会了上联众打俄罗斯方块。落落觉得好玩，那些色彩斑斓、奇形怪状的自由落体让落落暂时忘记了忧伤。在那样重重叠叠的时光里玩着这种古老而简单的游戏，落落希望自己的心情可以变得淡一些。

童童是落落最初的对手，她们经常在网上泡掉所有的业余时间。她们会一边打着游戏，一边在电脑上聊着天。

童童说，落落，你好像又恢复了从前的青春活力。

落落说，呵呵，难道时光会倒流？

如果时间可以退回到最初，你是否还会去选择爱上那个漂洋过海的平？

落落在电脑前静了一下，我想，我还是会爱他。

落落在思考的时候，一个长条被摆错了位置，结果输掉了游戏。

童童，你赢了。

落落，其实我挺佩服你，一个女孩的青春能有多长？7 年，而且是不确定的 7 年，你却把自己最好的年华交付了等待。如果等待是一场没有结局的游戏，你是否会从内心感觉到恐惧？落落，我怕了，我可能不能陪你等下去了。

落落没有说话，在电脑上为童童打出了“：)”这样的一个符号。

这一局，落落赢了。

周末的下午，阳光暖暖的。落落和童童又坐在了一起，只是这一次，在童童的对面又多了一个男人。童童告诉落落，他是阿和，在一家贸易公司做项目经理。阿和向落落伸出了手掌，落落站起来，他们握手，落落的手被握住，感觉阿和的手掌宽厚而结实。落落忽然想起了平，他也有一样宽厚结实的手掌。只是，她不知道平现在在哪里，在干什么。

那天落落喝了好多酒，童童怎么也劝不住。阿和说，让她喝吧，能看得出来，她心里委屈。落落的手扶着桌角，使劲地抬起头，童童，我没事，我可以一个人面对自己所选择的生活，谢谢你曾经陪了我那么久。

落落哭了，她知道童童再也不能陪她没日没夜地玩游戏聊天了。阿和把童童接走了，可是平，你究竟在哪里呢？

后来落落在联众认识了浩，他们只是在一起玩游戏——古老而简单的俄罗斯方块游戏。浩很少说话，沉默地陪着落落一次又一次地开始和结束着。落落在内心里喜欢这样的男性，沉稳如平，时间久了，落落和浩就有了默契。浩每天早晨都会上线，然后陪落落打俄罗斯方块。即便有时候落落来晚了，浩也会找一个角落，默默地等着落落。浩很少能赢落落，他总是会在胜利在望的时候因为一个细小的错误而输掉了游戏。其实落落知道浩是在故意让着她，可是她也不说破。

第六年了，平还是没有消息。

落落在同学录上看见了童童的婚纱照，她依偎在阿和的怀里，一脸的幸福。落落终于还是有些恐惧了，26 岁的自己，别说幻想婚纱，甚至连自己的另一半在哪里，在干什么都不知道。在这一刻，落落忽然觉得自己那么无助，觉得有隐隐的痛在内心发作。

窗外下起雨来，落落想起了平走的那天，在微微的雨水中，平有如潭的目光和一汪幽蓝幽蓝的潮湿。落落起身关窗，听见寂寞的雨滴敲打在地面上的声音。

落落打开电脑的时候，看见浩在等她。他仍然没有问落落为什么来晚了，只是敲了一个开心的笑脸给她，后面附着短短五个字：我们开始吧。落落的心里泛起了一种温暖，她竟然发现，自己有些依赖这个叫浩的男人了。和浩在一起，落落觉得安全。

落落和浩终于开始了聊天。浩告诉落落，他是一个大学的老师，平时只在晚上带课，所以有大把的时间可以上网。落落知道这不是真的，浩只是想让她心安理得。浩的温存感动着落落，如同从前平给她的体温，不激烈，却气息绵长，落落是喜欢的。

当浩一点点走进落落生活的同时，落落仍然没有等到平的任何消息。落落的心凉到了彻底，她决心尝试去遗忘那些属于平和她之间的过往。

落落开始努力地将平从记忆里删除，这个过程很疼。

落落拼命地泡在联众里玩着游戏，而浩也就这样陪着她。有时候他们会玩整整一天，从早晨直到黑夜。可是在夜里，落落还是会想起平和她分别时眼睛里那如潭的目光和一汪幽蓝幽蓝的潮湿，像是如影随形的东西，嵌在落落的脑子里，她怎么也忘不掉。

浩也曾问起过落落的感情，落落告诉浩，她的那个他，不在了。浩是聪明谦和的男子，仿佛懂得落落的内心，也就不再追问。落落在想，也许浩是不需要她的解释的，而自己也并不知道应该如何去诠释自己内心里这个关于七年的纠结。

后来有好长时间，浩忽然从网络中失踪了。

那些日子里，落落每天都会上联众看一看浩是否会在，可是她找不到浩。偶尔她会和陌生人玩两下俄罗斯方块，却再也找不到从前和浩一起玩游戏的单纯的乐趣。

落落觉得自己越来越寂寞了，像一只失去了同伴的鸟，在空旷的天空中失去了飞翔的方向。

落落开始想念浩的好，温存和体贴，安安静静的样子。落落告诉自己，如果再遇见浩，一定要和他见面。

第七年的春天，落落偶尔一次上网，竟然在联众和浩不期而遇。

浩说，落落，好久不见了，你好吗？

落落说，浩，我找了你很久。

我这段时间一直都很忙，所以不能陪你玩游戏，不要怪我。

不会的，我已经不爱玩游戏了，落落回答。浩，我们见个面吧。

可是你能忘记他吗?

我现在只想见你，落落说。

好吧，等我忙完这一阵儿，我们就见面。

你要忙多长时间?

大概 5 个月吧。

5 个月。

落落的心当时震了一下，再过 5 个月正好是 7 年，是平和她约定的回来的时间。

落落的心里乱极了，她找不到方法让自己沉静下来。

难道会是巧合？还是命里注定绕不过这七年之约。

落落的心里似乎有了一种预感，在浩和平之间存在着一种诡异的关系。可是只有瞬间，落落的想法又被自己否定，平是如此遥远，而浩却仿佛一直就在身边。

她不想再想了，落落听见自己心底的声音，我等。

落落和浩见面的前一天，浩在网上对落落说，明天就是我们见面的日子了。好，落落在电脑前轻轻地敲着字，脸上也终于有了幸福的表情，她知道明天会有一个温暖的男子在等着自己，再也不会从她的身边离去。

浩说完就下网了，没有声息。落落却好像看到了浩的背影，有着如平一般的身材。

7 年，终于到了。落落走在路上的时候，内心不再感觉到恐惧。平或者浩，落落觉得自己都是喜欢的。时光是那样的柔软，终于要听见爱情的声音。

走进和浩约好的咖啡屋，落落一眼就看见平安静地坐在一个临窗的角落里，穿着他最喜欢的蓝格子衬衫，喝他最喜欢喝的卡布奇诺。

落落终于相信，7 年，是一场告别，更是一场相约。

其实我一直都感觉到你就是浩。可是为什么你会有那么多的时间陪着我呢？

平结实地抱住了落落，傻孩子，我们有 8 个小时的时差，我的黑夜恰好是你的白天。

阳光这时候从窗外斜斜地射进来，一点点染湿了落落看着平的眼睛……

痕

接到电话的时候，我从二十一层往下望，看见 SAMMI 孤零零的身影，像一只离群的鸟，隐匿在时空的缝隙，安静地呼吸。

在薄秋的阳光里，我微笑着向她伸出手掌，轻轻地说了声你好。她仰起脸，长长的睫毛翘了起来，表情生动。

SAMMI 从西安来北京，是好朋友的表妹，我们第一次见面。SAMMI 说她喜欢这些老的城市。置身于这里，仿佛穿行在历史中，光与影都那么斑驳而深重。

她的唇上涂着淡粉色的星星，笑起来像一个天使。

再等我一会儿，还有一个小时下班，我告诉她。好啊，SAMMI 坐在大厅里的沙发上，脸上浮现懒懒的情绪。

她还是个孩子，我悄声对自己说。

我点上一支烟，关上办公室的门，忽然觉得一个小时竟然如此漫长。

窗外的天空渐渐灰暗，我套上了深蓝色的西装，给老板打了一个电话，我有些事情先走了。

走到楼下的大厅，SAMMI 乖乖地坐着，垂着头在玩手机。红色的 PANASONIC，她在玩着短信的游戏。她还是一个孩子。

我们可以走了，我说。

她从沙发上跳起来，仰起头说 GREAT。

街道上充满了喧嚣，来来往往的男人和女人。

我们去哪里？我问 SAMMI。别问我，我是一个没有方向感的人，我跟着你就好。

你这么放心把自己交给一个陌生的男人？她说，我放心，你看起来是一个温情的男人。我一直都对自己的感觉很自信，她补充了一句。

我们去了“流年”，我常去的一个酒吧，老板是我的朋友。

灯光是柔和的黄色，酒吧的中央有人在弹奏着钢琴，声音悠扬。我和 SAMMI 坐在靠窗的位置，旁边是落地的玻璃。

透过玻璃，看见远处的霓虹灯一点点地亮了起来。城市的夜渐渐被点燃，划破了最后的黄昏。暧昧的空气，危险的味道。

SAMMI 点了热的咖啡和加奶油的 CHEESE，我要了啤酒、热狗和花生，满满的一桌。她说她喜欢一切和牛奶有关的东西。

连你的身上都散发着牛奶的香味，我说。

后来 SAMMI 脱掉了身上紫色的外套，只穿一件纯白色的 V 领衫。领口开得恰到好处，露出两边翘起的锁骨，狭长的脖颈衬着白皙的皮肤。有致命的吸引，可是她却不自知。纯真的样子，像一个天使。

我把视线移开。

我去趟洗手间，我说。清凉的水喷在我的手指尖，隐隐的刺激让我清醒。

不是所有的欲望，都能有一个宣泄的出口。我告诉自己，她还是个孩子。

SAMMI 开始给我讲她的故事，用低回的声音：你知道吗，我来北京其实是为了寻找爱情。

他是一个画家，留长长的头发，住在郊区。有很长的一段时间，我们同居在一起，他画画，我做饭。

房间有些透风，我们在夜晚拥抱着睡眠，这样会感觉温暖一些。

你为什么会爱上他？我问了一个问题。

或许是直觉。

在西安的时候，我们在钟楼相遇。他说，可爱的女生你很美，我想为你画画。他用了两个小时的时间画了我的肖像。他画得很传神，尤其是眼睛的光泽，甚至眼神中的羞涩。

他说他的名字是树，他希望自己可以笔直地生长。

后来他来了北京，他说那是他膜拜的城市。他在电话里告诉我，他在北京生活得很苦，一个月之后，我辞职离开西安。说到这里，SAMMI顿了一下，也许每一个勇敢的女人都会这样。

爱情是鸦片，可以给人最美好的幻觉。

树开始沉溺于赌博，绘画的灵感逐渐消退，他的画没有了顾客，他越来越贫穷。我只好出去工作，在城市的边缘做一个售楼小姐。我用我的收入供养他，希望他可以重新振作起来。可是他没有，他的性格变得疯狂而暴戾，没有钱赌博和喝酒的时候，他就骂我、打我。

生活成为疼痛，我挥之不去。

我凝视 SAMMI，忽然很想拥抱她。

SAMMI 继续着自己的回忆和往事。树开始带不同的女人回家，他们光着身子在客厅里做爱。我蜷缩在自己的小屋里，躲起来。裹着碎花的被子，我有些害怕。那些女人胡乱地扔我的东西，还撕坏了他给我画的画。而树，在一边冷冷地笑，仿佛一切都和他没有任何关系。

看着 SAMMI 的眼泪从脸上流下来，我伸出手去接。她问我，我是不是好傻？我说，你的眼泪都是钻石，我想把它们串成美丽的珠链。

从酒吧里出来，我牵起了 SAMMI 的手，她说你的手掌好温暖。我用力握了握她的手指，你还是个孩子，你不应该遭遇那么多不该承受的忧伤。

SAMMI 把头倚在我的肩膀上，地面上有两个长长的影子。她告诉我，她很害怕黑夜，她怕黑夜里无际的寂寞吞噬她的心灵。我用手抚摩她的额头，告诉她，人的一生里要面对很多种孤独，而爱情，只是其中的一种。

未知的还有太多，所以你不用想得太多。学会遗忘的人总是比较容易快乐。

钥匙在防盗门上扭动了几下，我推开蓝色的家门。从抽屉里找到另一套钥匙，递给 SAMMI，你要是喜欢，可以住在这里。SAMMI 的眼睛里闪烁着鲜嫩的光芒，嘴角有一抹轻快而任性的微笑。

她还是个孩子，我想。

我把客厅的饮水机打开，灯绿了就可以喝，我告诉 SAMMI，它像街道十字路口的指示灯。SAMMI 坐在我对面的沙发上，看着我，告诉我喜欢沙发的蓝色。是的，我也喜欢这种颜色，我说，仿佛深邃的大海，宽厚又迷人。

墙上的 IKEA 挂表走到了 11 点，夜有些深了。你可以洗个澡，然后睡觉，SAMMI 没有回答我，跑到卧室里打开了 CD 机。莫文蔚游离的声音飘荡在房间里，浓浓的电子乐。我洗澡的时候喜欢这样激荡的音乐，SAMMI 告诉我。

在我嗑瓜子嗑到第二百零一颗的时候，SAMMI 从浴室中走出。头发湿湿地披着，有微微的卷曲。她穿着洁白的睡衣，上面缀着橘色的星星，赤足踩在地板上，脚步轻盈。她走进卧室，把莫文蔚的歌又倒回去重放，她从卧室里伸出脑袋，你不觉得莫文蔚很性感吗？我叹了一口气，其实你比她还要性感。

SAMMI 坐在床边，安静地修自己的脚趾。我坐在床下的地毯上，喝玻璃杯里的凉白开。你的脚很美，她把脚趾翘起来，那你好好欣赏。我用手攥住，你是一个天使。

我不是天使，天使是没有伤的。

我关掉一盏灯，房间里漫着昏昏的黄色。灯光下 SAMMI 的脸像白色的石膏，生动，安静。

我喜欢她的样子，从第一眼见到她，说你好的时候开始。

SAMMI 的手环住了我的脖子，也许我并不是你想象的那样，我渴望放纵。这时我看见对面的墙壁上映出了我们的影子，彼此纠缠。

我们跌落在橘黄色的大床上，她把头掩在我的怀里，悄无声息。她的身上散着淡淡的香水味道。她用的是我送她的兰蔻，不激扬但也绝不妥协的味道。SAMMI 的手在我的身上搜索，她说，寂寞的夜里，我们互相取暖并不需要理由。

然后她狠狠地和我亲吻，身体起伏。突然的刺激，像一把锋利的剑，把所有的阻拦轻轻地割断。

SAMMI 在我的枕边睡去，有安静轻柔的呼吸。

我看着她的脸，忽然想起了自己清澈的少年时代、曾经爱过的女生和那些如风的往事。心底是无尽的空旷，爱情距离我到底有多远？或许穷尽一生也追不上它离去的脚步，又或许只是一转身，就亲吻到了爱人的脸庞。

SAMMI 还是个孩子，她不应该有太多的承担。她的失落和忧伤是整个青春的失落和忧伤，我曾经有过，爱过，寂寞过。激情是一种轮回的过程，你中有我，我中也有你。我们迷失在其中，沉溺到彻底，可是够不到想要的温暖。

终于，天还是亮了，这时候我选择睡眠。长时间写字的习惯，使我的生物钟颠倒。在有阳光的时间休息，我能收藏自己的恐惧，而梦里那些被阴影包围的花，才会绽放出最美丽的花蕊。

连日来都是这样。醒来，房间里会有饭菜的味道，SAMMI 已经做好了午餐，清炖的草鱼或者蒜茸的西兰花，简单、纯粹。吃饭的时候，我们说话很少，偶尔她会夹菜给我，我点头说谢谢。平淡的生活，一切如常，只是家里多了个人，多了些温暖，多了些生动。

SAMMI 喜欢窝在沙发上看电视，偶像剧或者港产的爱情片，可是不记剧情，只记女星的服装和美男的面庞。她还是一个孩子，对视觉的憧憬要多于内心的感受。我常在她的眼睛里看到一种年轻的萌动和专注，不事铅华，坠落于迷茫。

我们去钓鱼台看银杏树吧，那是北京深秋最美的景色，我说。每年的秋天，我都要去那里，拍照，漫步，日光浴。SAMMI 微笑，梦里都想去看，树也说那是都市森林里最柔软的地方。

突然内心里有一些隐隐的不悦。也许只是一场游戏，我告诉自己。

银杏树在这里绵延，织成了金黄色的海洋，蓝天作背景，清凉的风作和声，SAMMI 奔跑着寻找自己的影子。阳光从茂密的叶子中穿透，洒在铺满落叶的地面，我能听见她的足音。SAMMI 在跑着，像是在我的心里流浪，我觉得时光那么长。我把手里的 NIKON 相机举起，调节光圈和快门，留下 SAMMI 奔跑的痕，如同飞翔。

女人的性感有时候来自于纯真的性情，没有丝毫的周折，直抵你的内心。看着眼前的SAMMI，浓郁新鲜的生命，像石缝中的野草，无所顾忌地生长。她还是一个孩子，一个在路上丢失了钥匙的孩子。

安妮说，生活在每个人的背面，都是一个深渊。

末班的公车被夜晚的路灯照得起起落落，我们已经走了很远。SAMMI把头靠在我的肩膀，柔声地问，你爱不爱我？我看见车窗外有凌乱的人影，星光在缓缓地下坠，我失落在话语的边缘。忽然，SAMMI的电话响起，看了号码，她背过身去。

是树，他说他在等我。

你该回去了，爱情是随遇，但更是坚持。

SAMMI走了，我回到自己最初落寞而自由的生活，加班，上网，和不同的女生约会。西服领带，年轻的容颜，可是仍然感觉到时光的老去。常常会站在阳台上看远飞的鸟群，它们去了南方，寻找温暖。我羡慕它们的自由和飞翔时美丽的痕。

茫然的时候，一个人来来回回地坐地下铁，用一个寂寞的姿势。我在座位上睡着，被人叫醒，年轻人，这里已经是终点。

钻出地铁站，深呼吸，打 TAXI 回家。

和 SAMMI 一样，我也丢失了钥匙，可是我已不是个孩子。

某天，门铃响起。我觉得惊异，因为自己的冷漠，很少有朋友会找到这里。打开门，看见 SAMMI 和她的蓝色皮箱，她抱我，十分用力。

我发现，我更爱的是你。

你还是一个孩子，我仍然只说了这样一句。

夜里我们拥抱在一起，SAMMI 问我，你爱不爱我？我看着她，一直没有说话。

给我一个答案就这么难吗？

为什么你一定要问我？

因为我爱你！我需要知道真相。

好吧，那我告诉你，我爱你！

SAMMI 的脸上有胜利的神情，微笑的样子很天真。

她还是一个孩子。

黎明，SAMMI 悄悄地离开，留下一封信。

我爱你！一切都是真的。

和你在一起的时光，是我在这个城市最快乐的日子。我会想念我们在一起数星星、看红叶的日子，我会想念我抚摩你光滑身体的时候，那些幸福的点滴，那些温柔的气息。可是我还是要走了，我并不属于这个城市。北京，它虽然迷人但是太强硬，如你，连爱都说得勉强。

如果可以，我希望我能在你的心里刻下一道让你心动的痕。像夜空里绚烂的烟火，点燃自己，只为了照亮你看我时的眼睛。

结尾处有一个火红的唇印。

把信放下，眼睛自然潮湿。时间是洞，爱情是埋在最深处的秘密，我们无处诉说。只有当自己偶尔醒来的时候，才发觉我曾经流过一地的眼泪。

爱到二分之一后

我又是一个人跑了出来。天很冷，风很大，我只是穿了一条黑色的薄纱裙子，手臂冰凉。街上的霓虹灯很亮，照在我的脸上反射出破碎的迷离的光。步行街上人来人往，他们在微笑着，感觉很幸福。我站在玻璃橱窗前，看着自己的脸，有些苍白，嘴唇上的口红淡得没了颜色，腮红也脏了。我看上去是那样无力，像是一株夏末的睡莲，在秋天的目光里逐渐枯萎。

我不知道我从什么时候起再也不肯落泪了。今天，辰意打了我一个耳光，这个温良的男子，竟然开始对我爆粗。我们这样长时间僵持的相对，逐渐消耗掉了每一个人的耐心。我知道他对我的愧意，那些眼光里一滴一滴流露出来的，却不是我要的爱。这个男子一直都只是在愧疚，他不懂得我青春腐烂的根源，是因为缺乏他的爱。我就这样孤寂着，把自己的身体铺展开来，在每个晨昏等待中，用刀在上面划上一道又一道口子。我要看看到底是怎样的伤痕累累，才会让我停止这没有尽头的追逐。

17 岁的时候，我搬来和姐姐住，父母已经对我彻底失望了。他们始终都想不通，我可以在任何一家热门杂志上赚取稿费，却无力考上一所很次的大学。可我无所谓，考不上大学，依然无法阻止我在岁月的墙壁上涂抹青春。可谁又会知道我心中那被阴影覆盖的地方，是怎样的肿胀和颓迷。我在等待着一个风一样的男子，带我离开。

姐姐是个很优秀的女孩。她大我 7 岁，从名牌大学毕业后，只身一人来到这个大都市里谋生，用她的美丽和智慧在竞争激烈的职场上占得一席之地。我们是长得如此相似的姐妹花，可在前行的岔口上却越走越远。

姐姐细心地照顾我，她似乎能看透我心里的一点点东西，所以她一直很努力地使我快乐。她总是对我说："良希，你喜欢什么就告诉我，只要我有的我一定会给你的，你要告诉姐姐。"我睁着眼睛看她，然后微笑，我想我是如此爱她，就像爱我的生命。

她带我逛街，去最好的商场，给我买漂亮的裙子、玫瑰色的唇膏、水红的胭脂。所有我想要的，只要我点头，她就毫不犹豫地买下来，她在疼爱我。

可是我快乐吗，我总是一遍一遍地问自己。在漆黑的夜晚，我靠在阳台的栏杆上，远处的灯光璀璨如星，大风卷起我的长发，拍打着我的脸颊。心里的渴望一直在驱使着我，我感觉寂寞。

可是为什么辰意要出现，他为什么要出现在我的生活里？

我始终记得那个周末的早晨，门铃叮咚地响着。姐姐太累了，睡得很沉。我揉着惺忪的眼睛，趿着拖鞋去开门。我的意识突然出现一片空白，眼前的这个男子像是曲折山路后突现的那片海，让我微微地眩晕。我们面对面地站着，靠得那样近，似乎能闻到一股海风般的气息。不能否认，他是个很英俊的人，他带着微微的笑意看着我，眼睛柔和得像镀了一层光。他说：“请问这里是花苑小区 B 座 12 楼吗？景憧是住在这里吗？她在吗？”不容我回答，他一连用了三个疑问句，是那种软软的江浙口音。我低下头来偷偷地笑，真是个有意思的人，他也笑，稍显尴尬。

姐姐被说话的声音吵醒了，穿了睡衣跑出来看。“辰意。”“景憧。”隔着我，他们竟这样柔情起来，眼神中的爱意熊熊燃烧。辰意从我的身边走过，一把把姐姐抱了起来，姐姐脑后的发钗掉在了地上，头发如瀑般披散下来，罩得辰意满头满脸。姐姐紧紧地搂着辰意的脖子，笑得很开心。看着他们，我突然地感到一阵难过。

我早就知道辰意是谁，姐姐大学时的男友，高她两届的学长，他们的故事曾被那所大学传为一段佳话。后来，他去了美国读硕士。姐姐虽然不常提起他，但是我能了解她对他的爱意，为此，她拒绝了很多人的追求，她一直在等待着他，等他回来的那一天。

辰意的照片一直都在姐姐的床头柜上，我在擦灰的时候总能看到。可没想到真人比照片上还要好看，那么高大，似乎一伸开手臂就能把我包裹得严严实实。我常常会这样想。

我从姐姐的卧室里搬到了客房，突然换了一张床，让我非常不适应，一整夜都翻来覆去地睡不着。半夜醒来，我起身去厨房倒水喝，没有开灯，地板上是斜进来的月光，明晃晃的一片。我低着头，心不在焉地走着，不知道一头撞在什么地方，可是不疼。抬起头，看到辰意的脸，他的眼睛很亮，流淌着细碎的光，我的心动了一下，依然面无表情地往前走。他的大手在我的头上摸了摸，以示友好。

有时半夜，我们就会这样碰面，但不说话，我的心开始疼痛起来，像是被细小的绳索捆绑着，勒出了一道道的血痕。我不知道我为什么会这样，很好的生活就这样开始变得乱糟糟起来。

在姐姐和辰意的眼里，我还只是个小女孩，虽然我已经 19 岁了。他们像对小孩子一样地待我，容我发脾气，然后陪我去哈根达斯吃上一个冰激凌，哄我开心。可是他们知道吗，我已经长大了，我要的不只是这些，我也想辰意抱抱我，也想他的眼神无限怜惜地落在我的脸上，似乎能地老天荒。但这一切，都只是我的幻想，无人知晓。

我突然感到可耻，对自己陡生恨意。没人的时候，我躲在洗手间里，偷偷地抽烟，然后将烟头按在自己的手臂上。在烧灼之中，我会有莫名的快感，心里的爱和愧意如丝般抽离。

辰意很轻松地在一家投资公司找到工作，薪水不薄，他和姐姐都很繁忙。我总是在睡了很久之后才听见开门的声音，然后是哗啦啦的声音，拖鞋敲打着地面的声音。在很长一段时间里，这些声音成了我生活中的主要部分，我在懒散之中变得焦躁不安，像个疯子一样地来回走动，撕打着自己，我决定出去工作。

姐姐帮我找了一份文员的工作，对于这些，我想我能轻松胜任。很久没有站在阳光灿烂的街头，我曾有一刻怀疑自己的内心长了很多细细的绿毛。穿着姐姐给我买的套装，对着镜子我挺了挺胸，可是依然挡不住那眉眼间的稚气。我的心情似乎开朗了一些，竟会在休息的间歇对着玻璃窗做鬼脸，然后想着下班后要去吃一顿肯德基。

我想我可以忘掉很多事情的，包括我对辰意的没来由的好感。想起王菲的歌，不爱我的我不爱，不是我的我不要。辰意注定不是我的，所以我要学会放弃，何况，我是那样地爱景憧，我的姐姐，我不要伤害她。或许，就在某条街的拐角，就能碰上我的爱情，像个蛋糕般扑面而来，我笑笑。

姐姐要和辰意订婚了。我以为我会很平静地接受这个消息，像每个妹妹一样祝福他们，然后一跳一跳地飞到他们面前吵着要红包。可是，我突然失落起来，泪水不争气地滴在手背上，说不清是怎样的一种滋味。我开始忌妒景憧，我甚至相信这只是个谎言。

在这个远离家乡的城市，双方父母都没有赶来，我就成了唯一见证他们爱情的亲人。在波特曼宽敞辉煌的大厅里，我们三个安然端坐着，辰意和景憧今晚穿得好像一对新人。笔挺的西装，雪白的衬衣，袖口恰到好处地露出一截；景憧则穿一件黑色缀珠晚礼服，头发是酒红色的，微微卷着，一脸的幸福；而我，脏的仔裤，灰色套头衫，球鞋，看上去邋遢无比。我是故意的，我想破坏这种氛围，我有点丧失理智。姐姐和辰意并不介意，他们只当我是个孩子，依然沉浸在甜蜜之中。

我一直都不说话，闷着头吃东西。好几次刀叉都被我碰落在地上。辰意习惯性地摸了摸我的头，对着景憧开玩笑地说：“是不是也该为良希找个男朋友了？”我抬起头狠狠地瞪了他一眼，辰意哈哈笑了起来，他以为我有点不好意思。

就在辰意为景憧戴上戒指的那一刹，我的脑子混沌一片，我站起来往门口走去，泪水止不住地流了下来，姐姐和辰意在身后大声地叫我，我拼命地跑了出去。我知道姐姐眼里肯定会有难过，可我管不着了。那一刻，有一样东西在心里清脆地破裂，洒落了一地的碎片。

日子还是流水一样地滑过。我好久没有和姐姐说话了，每次见面都是沉默不语，姐姐的脸色越来越不好看了，人也憔悴了许多，我知道这都是因为我。同样是敏感的人，她应该知道我需要的是什么，而我早已不是原来的我了。我把自己锁在房间里，拼命地写着小说，我把我的情绪都发泄在了上面，我已无路可逃。

辰意提出搬出去住，我们三人彼此相对无言。在辰意提着行李走出大门的那一刹那，我分明看到姐姐眼里滴落下来的泪水。我的心一阵揪心的疼，可我依然面无表情，冷漠得像个巫婆。一边是我爱的男人，一边是我爱的姐姐，我在这样的情感中煎熬着，不能自拔。难道我的目的就是要毁灭这一切吗？我低下头，看着空空的掌心，风就这样吹了过来。

姐姐的业绩越来越差，沉重的心事将她打倒了，她病了。我有点惊慌失措，像是个做了错事的孩子。我躲在房间里独自忏悔，狠狠地掐自己的手臂，直至冒出鲜红的花朵般迷醉的血滴。我心疼她，这个疼爱我、关心我，给我照顾的人，我说过要一辈子和她在一起的，我要好好爱她的。可是我是一个魔鬼，我来毁灭她了。

我给辰意打电话，语气急促地说：“我姐姐病了，她需要你，你快来吧，我听话了，我再也不做傻事了。”我的喉咙哽咽，以至于泣不成声。

辰意来了，他飞到了姐姐的身边。站在房门口，我看到他们哭了，他把姐姐抱在怀里，不断地抚摸着她的长发。他说：“景憧，我再也不会离开你了，我爱你，我要好好地照顾你。”我把手伸进嘴里，咬出了一道深深的血迹。

我把辰意写进了故事里，在里面我们如此相爱，直到白头，我扑在他的怀里，然后听他一遍又一遍地叫我宝贝儿。可是，这只是个故事。我把书稿锁在抽屉里，像是坟墓一样地把这段感情埋藏。

我把自己伪装起来，像是生活得很充实。姐姐的脸又开始变得红润，周末的时候依然会拉我去逛街，买我喜欢的衣服。我装着很快乐的样子，然后抱着姐姐撒娇，我要让她知道，我还依然只是那个不懂事的小女孩，我如此依赖她。

我开始和辰意保持距离，我叫他姐夫，并不再让他摸我的头。我在刻意回避他，我要把他从我的记忆里删除，完完全全地删除，不留一丝痕迹，我想要景憧幸福。

由于公司安排，姐姐要去香港培训一个月。临走时，她要辰意好好照顾我，不让我有一丝不满。辰意眯着眼微笑着点头，把景憧紧紧地抱在怀里，一遍一遍地亲着她的脖颈。他们是如此相爱，让人心里不由得产生一丝妒忌。

姐姐走了，家里似乎少了很多快乐。辰意除了买大量的速食回来，也不知道怎么安排我的生活。每次只会给我钱，然后去工作、应酬，深夜才回来。

可是每当看到他的背影，我的爱意却又不可遏止地升起，拉都拉不住。我死死地掐着自己的手臂，我要让自己安静下来。半夜的时候，坐在不开灯的客厅，我等着他出来喝水，我只是想看看他。他是那样的英俊，四肢修长，我冲过去从后面抱住他，把头靠在他宽厚的背上。我无法控制自己，我只是想能抱抱他，只是一会儿也足够。

辰意扳开我的手，温柔地对我说："傻丫头，快去睡觉吧。"我央求他，我叫他辰意："你能抱抱我吗，就一下。"他停顿了一下，伸开他的手臂将我揽在怀里，然后拍拍我的背说："傻丫头，我大你 10 岁，我们是不可能的。不要再伤害你姐姐了。"我在黑暗中含着泪水点了点头，这一刻我感觉平静。

感情就是这样奇妙的东西，一旦有了阳光雨露，就会草一般地疯长。我一整天里就只是渴望那黑暗中的一幕，而辰意也很宽容地接受我的要求，虽然只是短暂的一下。他在安慰我。

那一天，辰意回来得很晚，门被他推得很响。我穿着睡衣出来看，他靠着墙壁站都站不稳，显然是喝醉了。我扶他坐下，帮他脱下外套，然后泡了一杯浓茶，就在我起身去拧一条热毛巾时，辰意一下将我抱住。我看着他的脸，上面写满了失落：“为什么这个项目我做了这么久，却让别人夺了去呢！难道只是因为他是老总的侄子吗？难道我辛苦付出的只会是别人的垫脚石吗？景憧，你能告诉我吗，告诉我为什么会这样呢？”说完这些，他已经泣不成声了。

我心里一阵失落，将他的头揉在胸前。外表再坚强的男人都会表露出很脆弱的一面，我亲吻着他的脸，然后是他高高的鼻梁、丰满的唇。

我如同身陷一片沼泽之中，无力自拔。

辰意疯了一般地将我抱起，把我扔在了床上。他的吻是那样热烈和滚烫，仿佛将我的身体点燃，然后他解开了我的睡衣纽扣，我深深地闭上眼睛，任他疯狂地掠夺我的一切，我甘心为之付出的一切。

一整夜我都不想睡，我要狠狠地记下辰意的气味，记下他留给我的所有的印记。因为我知道，我们是无法交汇的两条平行线，短短的一刹就够用一辈子去遗忘。

我躺在他的臂弯中，紧贴着他宽厚的胸膛，他的脸在黑暗中棱角分明，英俊无比。我用手抚摸他的额头，他的眼睛，他温热的嘴唇，仿佛我手指触摸过的都会定格成一张照片，长久地留在我的生命里。泪水就这样流下来，打湿了他的肌肤。

辰意醒来，看到臂弯中的我，满脸惊愕。他使劲地把我推到一边，用手拍打着自己的脑袋，宿醉后的疼痛，让人感觉疲累。我起身，穿衣服，然后离开，没有说一句话。就在转身的一刹那，我分明看到了床单上那块鲜红的处子血，它是那样触目，像是一朵娇艳的牡丹，见证着我的成长。

接下来的日子，辰意回来得越来越晚，除了喝酒，他还开始抽烟。我常常在夜晚起来喝水的时候，看到黑暗中的他被烟头明灭的火光映照得忽明忽暗。我们这样对视着，互相看不到对方的脸，但是眼中那滴温热的泪却流星般滑落。他想要说什么，他叫我："良希。"然后就沉默下去，我挥了挥手，示意他不要再说，一切都已过去，我反而平静了下来。这是我要的爱情，我心甘情愿。

辰意关心起我来。他开始知道我喜欢辣的火锅，酸的杨梅，还有吸起来咕噜响的冰冻可乐。有空的时候，他会陪我去逛商场，然后去超市买一大袋的零食回来，一路跟着，没有一句怨言。我蹦跳着往前走，突然地回头，看到他那张布满汗水的脸，心就会高兴起来，这就是我饮鸩止渴般的爱情。可是，景憧怎么办？我的头开始痛了。

一个人独处，所有的喧嚣都平静了下来。我要把辰意还给景憧，我已经伤害过她一次，不能再让她有什么闪失了。如果再连景憧也失去了，我将一无所有。

一起和辰意去机场接景憧。这天天气很好，风和日丽，好久没有见到景憧，我竟然泪流满面。一路小跑着冲过去，紧紧地抱着她。姐姐将我搂在怀里，眼里有无限爱惜，我知道我是她的小宝贝，她舍不得让我有半点委屈，于是总是迁就我、满足我。

辰意在酒店订了位子为景憧接风。看着她那张美丽的、精致的脸，我的心竟变得柔软起来。辰意和我配合得非常默契，滴水不漏地回答着姐姐提出的问题。景憧摸着我的脸颊说："告诉我，走了这么久，你姐夫是怎么照顾你的？哈哈，他有没有欺负你啊？"我的心一沉，但随即又恢复了平静，我天真地答道："有啊，有啊。姐夫他总是让我吃方便面，腻都腻死了。姐姐，你说他是不是该打啊。"我转过头去，正好碰到了辰意的目光，他就像触电一样慌张地别了过去，连忙应着："呵呵，是我不好，是我不好。"景憧看看我又看看辰意，然后大声地笑了起来，她说："想不到我走了一个月，你们俩配合得比我还默契啊。"我假装没有听清，低下头狠命地吃着杯中的冰激凌。

辰意和景憧新接了几个计划，更加忙了。而我除了上班，还应付着几家杂志社的约稿。大家都心照不宣地忙碌着，逐渐淡忘了很多不愉快的事情。

一晃就过去了两个月，一切都和原来一样，没有什么改变。辰意和景憧打算年底的时候完婚，也算是为他们七年的爱情长跑做个终结。我尽力压抑着自己，心想着等他们结婚了我也就应该死心了吧。可是糟糕的事情却噩运般地来到。

我的身体变得非常不适，呕吐感也越来越强了，例假也像是捉迷藏一样地躲着我，迟迟不肯出现，我有点慌了。我尽量安慰着自己，再等等吧，或许只是一点小小的意外，不会有事的，可这一切还是躲不过细心的姐姐。当我在一个小时里捂着嘴连续跑了三趟厕所后，所有的事情就这样暴露出来，任凭我怎么抵赖都无济于事。

辰意没有撒谎，他一字一句地说出了我们之间发生的一切。这样的结果无异于晴天霹雳，将景憧重重击倒。我远远地躲在一边，看着景憧眼里的愤怒和绝望一点点地倾泻出来，我的心就这样一片片地被撕碎。我爬过去，仰着流满泪的脸央求景憧："姐姐，你原谅我吧。我真的不想这样。我只是偷偷地爱他，可我没有想过要拆散你们啊，你原谅我吧。我会走得远远的，不会回来。姐姐，姐姐……"任凭我怎么哀求，景憧像个木头人似的瘫在沙发上，没有一丝反应。辰意坐在一边，闷着头抽烟，此刻，我就像个无助的孩子，哭到几近无声。

我们三个人沉默地对峙着，忘记了时间的存在。终于，还是景憧开了口，她说："事情到了这个地步，我谁也不想恨。我要恨的只能是我自己。一个是我最爱的男人，一个是我最爱的妹妹，可是他们同时背叛了我，我还能有什么话说。”“良希，”姐姐在叫我的名字，可是眼神里再也没有了以往的怜惜和关爱了。它是那样的冷漠，看得我的骨头一节节地变得冰凉。“良希，你还记得吗，我曾经说过，你喜欢什么就告诉我，只要我有的我一定会给你的。却没想到这其中也包括我的爱啊。呵呵，真是很可笑的事情。既然我这么说了，我就应该做到。现在，我和辰意已经没有任何关系了。我成全你们，你们走吧，不要再让我看到你们。”说完，她冲进了房间，将房门重重地关上，而这一扇门，就彻底地隔断了我们姐妹间的感情，从此陌路，不再相认。

我和辰意还是搬了出来，因为景憧的执拗。这样的事情无论落在谁的身上，都不会坦然接受的。辰意打算让我把孩子生下来，并等我到了合法年龄就和我结婚。他的眼神是淡漠的，口气是冰冷的，似乎说的是一件与他无关的事情。我知道，他根本不爱我，他和我在一起，照顾我，只是因为他心里的愧疚。

辰意开始酗酒，脾气变得很坏，我们的生活里只有无止境的争吵，今天，他竟然打了我。我一个人跑了出来，像一只流浪猫，漫无目的地行走。我开始想念景憧，我的姐姐，我拨电话给她，可是在快要接通的那一刹那，却又挂断了，我真的没有勇气去面对她。

街上的风真的很大，我用尽全身的力气搂住自己的胳膊，可还是觉得冷，四散的人们像鱼群般在我身边游过，却没有一个为我停留，我感到寂寞极了。走到一家亮着灯的商店前，对着橱窗，我想看看自己最后的样子。我应该是漂亮的，只是看上去有些苍白，口红淡得没了颜色，腮红也脏了，头发剪短了，乱糟糟一团。这是一个不允许有怨言的世界，每个人必须为自己的选择付出代价，我咬紧了下唇。

我决定离开这里，躲得远远的，不让他们再找到我。我想或许我真的错了，这不是我所想象的世界，所有的一切都在我的控制之外。我感到累了，想停下来，即使消失成一滴水珠，也会比现在简单和快乐。这个城市的夜景的确很美，站在高处望下去，竟灿烂得让我睁不开眼睛。风很大，把我的裙子吹得鼓了起来，像是一对蝴蝶的翅膀，在空中伸展开来。我闭上眼，深深地呼吸了一下，空气中似乎有一种甘甜的气味，像是辰意熟睡中的鼻息。而现在，我终于可以把这个男子从我的记忆里清除了，这个罪孽般的伤痕，将要我用几个世纪来清还。我纵身一跃，耳旁的风声呼呼地响着，让我想起小时候景憧骑着单车带我去郊外，也是这样的畅快。多么美好的时光！我想得泪流满面。

在急速的下落中，我缓缓闭上眼睛，紧握的手掌终于放开。我在心里默念着："姐姐，你原谅我了吗？"

原色花

——给那些寂寞忧伤独立的孩子们

我是一个始终行走在生活边缘的人，喜欢在暗夜里写字，让那些漫着暧昧色调的文字一点点泛起诡异。文字里我一直用一个简单的名字：纯白色。如同幻觉，最简单的颜色却负载了最多的可能。纯白色，是寂寞；纯白色，是忧伤；可是，你是否知道，纯白色也是一种燃烧？

太多的时间里，我都是一个静默的人，摊开手掌，我看不见我的爱情。一个黑色的伤口，生长在我的身体里，回想，就是一次次的疼痛。温暖对我而言，是一种奢侈的东西，幸福似乎离我好远。我的眼神，却总是望不穿那最后的阻隔，于是我把一切的过往都推脱给宿命，长长的一梦，遗忘了自己的寂寞有多深重。

第一次遇见晶晶，她坐在红色凯旋门的角落里，金黄色的灯光下，我看见她忧伤的脸。说话用探询的语气，她的声音很轻，浮在空气里，悄悄地沉落，啤酒和茶，烛影晃动，晶晶的眼睛里滑过些许的无谓。我没读懂她的表情，只是记住了她侧着脸微笑的样子，分开的时候，我们握手，触到她冰凉的手指。我说，你的忧伤打动了我。

不见面的日子里，我们偶尔用短信联系，晶晶总是寥寥的几字，延续着我的想象。收着她的短信的同时，我看见天空中跌下的落叶，枯黄，它们失去了青春。我忘不了晶晶的眼睛，和她隐藏在眼睛里的迷茫。

在我写的故事里，存在的都是对生活感觉困惑的女性。她们独立又自我，她们寂寞又激情，我让她们在我的想象里纠缠，最后沉溺于都市森林。她们都是美丽的。

如果不能在精神上美丽，我希望她们至少在身体和容颜上能够美丽。

喜欢你身上漂浮的淡淡的忧伤和无力感，我想去拥抱你，我这样对晶晶说。如果时光是一个洞，里面是否囚禁着我们最虔诚的爱情?

忽然发现晶晶就像是一个挥之不去的影子，契合了我所有的想象。迷茫的眼神、忧伤的表情、冷淡的语言和隐藏在内心里的激情。每一个寂静的夜里，我都会想起她抬起头看天空的姿势，她的灰色的风衣，她的苍绿色的水洗布裤子。

好久都没有去认真地爱过一个人，这是一种很好的隔离。当时间慢慢地串起流年，我在自己的掌心里用孤独雕刻出一道无语的线。

晶晶是那种可以带给你适度温暖的人。她的那种疏离并不让人觉得陌生，而是像被阳光反射过的玻璃，透明、灵动、洁净。我喜欢透过 NIKON 的镜头去看她，她微笑，她平静，她缓缓地行走。

面对着我，她有脆弱的表情；背对着我，她有迷茫的背影。

她像一朵原色的花，盛开在大雪无痕的季节。

晶晶告诉我，她总是看不明白这个现实的世界，她总是消极地寻找属于她自己的自由。

她的迷惑很多，她的希望很少。

我一次次地看着为她拍下的这张照片。她靠在白色的墙上，侧仰着头，卷曲的头发垂了下来，她把双手插在蓝色的牛仔裤里，脚上是白色的毛线袜，踩在黄色的地毯上，眼睛看着天花板，她没有表情，她不说话，她用这样寂寞的姿势靠近自己想象中的灵魂。

按动快门的时候，1/60 秒的速度，黑白色的影像把晶晶的神情化作了经典的一幕。光与影，时光和向往，晶晶在用一种阴柔的方式和现实抗争。这美，美得迷惘，可是迷惘谁都会有，而发生在晶晶的身上，异样的迷人。

我似乎并不是一个轻浮的男人，内敛而孤独。我有一张冷静的脸。多少个轮回的昼与夜，我渴望回到张爱玲笔下繁华虚幻的时代，那样迷离的城市，那样迷离的女子。在曲折的年代里，我并不想成为让人荡气回肠的英雄。我只是一个热爱华美、颓废、忧伤的爱情的男子，我喜欢清瘦的女生，她单纯、敏感、忧郁，她有忽明忽暗的影子。我迷恋这样的孩子，如晶晶。她模糊的表情让我感动，我想牵着她的手回到那个原色的时代。

给我一场倾城之恋，我一样可以写下千古流传的浪漫文字。

从“回到丽江”主题餐厅出来，我跟在晶晶的身后。她幼小的身体在凛冽的风中摆动，我轻声地喊她的名字，晶晶。她回头的瞬间，眼睛里怅然若失，这短短的一瞥，使我更深地懂得了立体空间的物质美感。于是我陶醉，所有的专注都随着她的身体晃动，她的乱糟糟的头发在风里飞，她的单薄的衣裤包裹着她纤瘦的年轻身体。

她穿行在城市中，她的冷漠、她的徘徊和寂寞无关。

我始终无法用语言来解读晶晶身上某种莫名的忧郁，她告诉我那是与生俱来的东西。与生俱来，融化在生命里，成为气质。我迷恋她身上这样神秘的气质，冷暖分明。

我看见她的脸上淌下了晶莹的泪，她说她想起了自己哭泣过的爱情。往事太遥远，终于化为灰烬。

不如重新开始，懂得节制伤悲才有可能找到幸福的花园，晶晶。

不如重新开始，让我们变老的常常并不是生活本身，而是我们自己的心理。海洋之星沉睡了一千年，却依然能够唤得醒失落的爱情。

在这样一个情感泛滥的季节里，如我，或者还有像晶晶这样的孩子们，都还在默默地坚持着自我。

寂寞依然。

我们始终相信，爱情的烟火会在彼岸盛开。

二十七米深蓝

时常我会想起依依。我和她之间的距离曾经只有0.01公分。

2000年的时候我还在上学，教室、宿舍、校园的小路，我过着如此简单的生活。我学的是经济，钻研凯恩斯曲线和通货膨胀。那些高深的理论和复杂的模型学起来，有时候会令人窒息。在这样的时间里，我就会让自己停下来，坐在主楼前的草坪上，看那些从我面前经过的女生：她们穿着漂亮的花格裙或者深蓝色的牛仔裤。头顶的阳光洒下来，可以感觉到一地金黄色的温柔。

依依也是她们中的一个，我可以肯定。

那个夏天的新学期开始，我在众多的选修课中选择了一门平面广告设计。每个周三的下午，我终于可以摆脱那些长长的经济学符号和公式，在一个大大的阶梯教室里，看留着长胡子的教授讲述着所谓传播的艺术。

依依就坐在我的左前方，她常常会在上课的时候吃大把的零食，然后低下头悄悄地笑，是很纯粹的笑容。

依依有时候会回过头来和我说话，声音温柔。

你不是广告系的吧？

为什么这么说？

因为我从来都没有见过你，呵呵。

依依是个可爱的女生。她在和你说话的时候，会同时睁大她那双明亮而清澈的眼睛，嘴角会俏皮地往上翘，是一种很好笑的表情。

我对依依说，你即使不是一个非常漂亮的女生，也绝对是个可爱的家伙。而且，我不得不补充说，你也很漂亮。

依依把这句话记得非常牢，她把我的这句话当作是对她的最高评价。

我告诉依依，我是学经济的，选修平面广告设计只是为了认识你。当时我的脸很可能红了一下，我都不知道向来老实的自己怎么会突然撒了这样的一个谎。

依依笑了，我怎么就让你的诡计得逞了呢。

依依是广告系的高才生，可以画漂亮的手绘图案，可以纯熟地使用各种图像设计软件。依依有一本厚厚的相册，里边插满了她的设计作品。我看着那些色彩斑斓的模板，觉得它们都是充满灵魂的东西，里面有依依的情感和风尚，很喜欢。

有时候我和依依会去校园外的马路上走走，多半是在黄昏的时候。依依说她特别喜欢夕阳的颜色，迷人的酒红色。她说那种颜色好像是一种幻觉，有一种凄艳的美，仿佛前生的回忆，能勾起内心最深处的感伤。

她说希望自己设计出来的作品，也能有这样饱满的情感。

每当我们经过马路旁边那些林林总总小店的时候，依依总要去看看那些外贸类的服装店。然后她会去试那些很民族风的衣服，再挂上长长的饰品，在地板上走来走去。

她在镜子前有如水般干净的笑容。那一刻，我觉得自己是喜欢依依的。

就在我觉得自己喜欢上依依的时候，她去了丽江。她说她要去寻找设计的灵感，她说那里有古老的石板路，有悠扬的纳西古乐，还有神秘的玉龙雪山。我说灵感是找不到的，它应该是与生俱来的东西。依依就笑了，那我去寻找爱情好不好，传说那里有象征爱情的一米阳光。我差一点脱口而出，其实我很想帮你完成你所希冀的爱情。

从丽江回来，依依送给我一张碟：《重庆森林》。酒红色的封面上，有几个表情冷漠的明星。依依告诉我，这是王家卫的作品，是她最喜欢的电影。王家卫，一个始终隐藏在墨镜背后观察世界的男人，他的电影操纵了太多的宿命，也寂寞了太多的人。黑色，是他唯一的语言；而疼痛，是他最致命的武器。

我一遍又一遍地在电脑中播放着这个迷离的故事。电影里的何志武说，我跟她之间的距离只有 0.01 公分，57 个小时后，我爱上了这个女人。我忽然觉得爱情就是一种因寂寞而彼此滋生的情绪，后来蔓延了，渐渐澎湃，终于成为宿命。不知道在王家卫的心里，这是不是他最初想要表达的东西。

其实爱上一个人是很容易的事情，或许，仅仅需要一个眼神交错的时间，我告诉依依。

依依说，你也可以去写剧本啦，呵呵。我看着依依，这是我内心里最想说的话，真的。依依白了我一眼，开玩笑吧。

当我把《重庆森林》看到第二十七遍的时候，我在自己的日记本上写下了这样的一句话：每天你都有机会跟许多人擦肩而过，你也许对他们一无所知，可是有可能有一天，他会变成你的知己或者朋友。

写完这段话，我觉得眼前的世界开始旋转，反射在大脑里的，是一团团转动着的颜色，深蓝色，那么忧郁。

我打电话告诉依依，依依，你就是我遇见的那个知己。

依依在电话的另一端放声地笑了。

晚上，我拉起了依依的手。她柔软的手指，像夏天田野里一排排在风中舞蹈的黄花。

依依对我说，其实你并没有真正看懂王家卫的电影。他的电影彰显更多的不是宿命，而是一种情感的解脱。

我这样回答依依：电影从制作者的手中流转到大众眼睛里的时候，其实导演对电影的本身已经失去了控制，导演的理解或者你的理解并不能代替所有的人，只要你是认真看了，就已经很好，至少，我用自己的方式尝试着理解了电影里边所暗示的东西。

后来依依就开始忙了，忙着做毕业设计。她要做一个品牌手机的平面广告，如果成功，她就可以成为这家著名外企的企划。竞争的人很多，但是依依充满信心，她告诉我，依依是最好的。

我亲了一下她的眼睛，我说我相信。

依依做设计的同时，我跟随导师去了珠海，参加一个区域经济论坛。半个月之后我回来，看见依依的情绪很低落。

她看着我，面无表情地说，我失败了。

第二天的清晨，我领着依依去爬山，一直爬到腰酸腿痛，累到快要虚脱的样子。在山顶我告诉依依，失败了不要紧，只要你还有再攀登的勇气。

依依把头靠在我的肩膀上，说今天真的好开心。可是我知道她的心里，一定是很疼的。

忽然天空开始飘起了纷飞的细雨，我说我们坐 TAXI 回去吧，依依说不，让我淋一次雨好吗？她的表情是那么倔强。雨水哗哗地落下来，打在我们的脸上，冰凉冰凉的，依依哭了。我分不清楚，她的脸上湿着的，究竟是泪水还是雨水。

从那天开始，依依就开始了自己全新的生活，她说她要考研了，而我，则通过导师的推荐，在一家银行的风险管理部开始了实习的工作生涯。我和依依彼此都很忙碌。

只有在偶尔我们都有空的夜晚，我们会站在学校的操场上一起数天上的星星，一颗又一颗。依依说你数南边，我数北边，然后我们加起来，我说好。当我数到 300 多颗的时候，依依喊我，快来看流星，我们来一起许个愿吧。当我跑过去，流星却已经划过了遥远的夜空，连痕迹都没有，我还忘记了自己到底数过了多少颗星星。

2003 年我们从学校毕业，依依去了南京读研，我则留在北方的这个城市，在我实习的那家银行做了一名普通的职员。

依依走的时候，送了我一份她设计的作品，是关于手表的平面广告。深蓝色的背景下，一块手表笔直地长在一块石头上，像一棵挺拔的树。下边有一排字：假如你在无意中错过了一秒钟，或许也就错过了一生。

看着它，我久久地说不出话来，终是泪流满面。也许那一秒钟，正好是我错过流星的那一个瞬间。

我不是你的天使

很小的时候，我就喜欢看烟花，那一瞬间的灿烂，可以久久地弥漫在心间，幻化成一种遥远的浪漫。而无边的黑夜，只是背景，也许永远都没有岸。

于是希望自己是一个天使，飞身在夜空中，可以去拥抱那一束束美丽的光环。

后来渐渐地长大，少了些青涩，开始有了自己的心事。我把它们收藏，用很隐秘的方式。多数时候，我都是沉默，只用文字交流。老师说我是一个另类的孩子。

妈妈是温和的女性，小学老师。她很少呵斥我，偶尔生气的时候眼睛会潮湿。我看见心疼，于是不再叛逆，变得很听话。

拿到大学通知书的那天，天气很热，我在开足了冷气的房间里看电视。先是爸爸的电话打过来，激动的声音。后来我看到了妈妈的微笑，我知道，我一夜间长大了。

回顾这一段往事，我发现自己已经悄然变化了很多。岁月里留下的足迹，深深浅浅，是一段遥远的路途。

我不是一个喜欢怀旧的人，总觉得经过的事就像走过的路，等到回首时，已是“沉舟侧畔千帆过”。除了爱情。

在我的理解里，爱情是充满温度的游戏。我们在游戏里忘我地追逐，最后却总是回归落寂，没有任何的理由。想起自己那些破碎的爱情，也只剩残缺的余温，照不亮来时的路。

远方，是流年的影子；而爱情的过程，是幸福后的寂寥。

不知道从什么时候起，我爱上了文字。喜欢自己在文章里的真实，笑和哭，随心所欲。然后把它们贴在网络上，等有心人的阅读，共鸣出理解的声音。

一直使用“纯白色”这样的一个网名，因为向往简单和纯净。我希望自己写出的东西包含的只有纯粹的人性。不复杂，但是会漫长。

文字是我的呼吸，纯白是我的表情。

我看到很多人在网络中读我的文字，我觉得快乐。像是在黎明，一束束稀薄的日光逐渐把黑暗点亮。而我心里隐藏的失落，在你们关注的眼神里一点点得到平复。

就像思思的文章《在淡淡的忧伤里，悄悄地爱上纯白色》，给我足够的温暖。我仿佛在金黄色的月光下看见了思思轻盈的身影，奔跑在路上，文字在飞翔。思思说我的文字是透明的，不染尘埃，与世俗无关，我竟然有些想哭。一直都在寻找，能让自己坚强的理由，现在终于发觉，原来所有的掩饰都是虚伪。与其挣扎在欺骗的边缘，倒不如真的放纵地哭泣一场，哭过，让寂寞如风。

一直都喜欢简洁而优雅的东西，所以我把文字剪裁成断断续续的风景，长长的是心情，短短的是句子。无法不让自己迷恋这些在眼前跳跃着的精灵。我相信它们是有灵魂的，舞蹈着，在每一个静寂的黄昏或黎明，仿佛一伸出手，就可以触摸到它们的影子，和那些被微风吹起的衣服。

在很多杂志上都看到过这样的一幅油画：一个穿轻纱的女孩，捧着素色花纹的瓷瓶，眼里掠过一丝柔柔的忧伤。她是忧郁的女孩。

思思也是。在忧伤的情绪里长大的孩子，总是会爱上一些看起来干净但又别致的东西。喜欢穿长长的碎花裙子，喜欢看漫天璀璨的星星，喜欢听爱尔兰悠扬的风笛，喜欢让温柔的海浪亲吻脚踝。所有的故事都是浪漫，而现实的沉重永远与自己无关。

少年时看烟花的习惯，渐渐在风尘里淡漠，而那个给过我一生誓言的女孩，还是在我的面前牵住了别人的手。记得当时自己的眼泪，那么不争气地流，坠落在大地，可以听见苍凉的声音。可是爱情却不相信眼泪，冷冷地冻结了我所希冀的完美。

走过忧伤，我不是一个快乐的孩子。

然后我一直唱歌，用自己喜欢的方式。浪漫是唯一的主题，文字是我创作的音符。在淡淡的音乐里，有幻想在盛开，绽放出忧伤的花蕾。思思说很美，美得很纯粹，像华美的爱情电影。

沉默，无声胜有声。

我知道在这些唯美剧情的背后，有眼泪在飞。

在过去的几个月里，我一直住在一个只有 9 平方米的简易房间里，而且是两个人。狭小的空间里拥挤着太多的物体，偶尔甚至会泛起腐烂的味道。经常闭着眼睛，不忍看眼前的不堪和凌乱。而我的手指下飞扬着的文字，其实也只是一个又一个虚幻的想象。

距离我最近的，不是浪漫和华美，而是现实的艰涩和困顿。

“那一场风花雪月的爱情让纯白的性格里有了一种挥之不去的忧伤，也让纯白在人群里显得那么与众不同。孤独成坚硬，然后守望爱情，纯白是我梦里温柔的英雄。”思思如是说。爱情的失败，让我潜意识里产生了一种自卑，我不是一个成功的男人。孤独并非我的本意，我也需要脉脉的温情，忧伤给我注入了一种气质，或许也只是无谓的忧郁和呻吟。

在我青春的容颜后，你没有看到，我枯燥的表情。

就算给我一匹白马，再给我一柄锋利的宝剑，我依然做不了让你荡气回肠的英雄。

其实我们都一样，在无助的青春岁月里穿行着四季，会彷徨，会迷惘，会爱上不知名的对方。我们都是在路上寻找温暖的孩子。

抬起头，阳光会不会来?

如果你真的忧伤，那么你来，我借给你肩膀；可是，我真的不能伴你飞翔。

因为我没有翅膀。

逝

他们面对面地坐在桌前，眼里有各自的忧伤，四周很喧闹，隔着落地的玻璃窗，能看到车水马龙的街道。他记得她说过，假如有一天，我们有车了，我要天天开车到这里来喝咖啡。然后，就这样隔着桌子看着你，看到我满眼的幸福在时光里开出花来。他低下头去，轻轻地叹了一口气，那样的时光真的不会再来了，宛如匆匆的花期，开放后悄悄地颓然。

这是一家叫“潮汐”的咖啡屋，酒红色的餐桌，镂空的白色台布，有着柔软靠垫的粗布沙发。那时的她还只是纯真的小女孩，眼睛明亮，笑容甜美。他最爱的事就是经常用手抚摸她的长发，感觉那么柔顺。他细心体会着发丝从指缝中流动的感觉。在他的眼中，她是那么的小，小到一合掌就能把她捧在手心里。然后他们一起笑，笑到眉角的每一条细纹都渗透着爱的甜蜜。

这条路连他们自己都记不得走过多少次了，从烈日炎炎一直到华灯初上，不知疲倦地走来走去，只是为了体会两个人手牵手的温暖和默契。他们是学生，很贫穷的学生，有时，一碗铺着几片牛肉的拉面，也能让她欢呼雀跃。站在落地的玻璃窗外，她挽着他的手，无限憧憬地说，如果坐在里面的沙发上，喝上一杯卡布奇诺，那会是一种怎样的感觉啊。他侧过脸看她，年轻的皮肤上有跳动着的光，他握紧了她的手指，感觉到心里微微的酸涩，上衣的口袋里只有几张零散的纸币，他用手按了按，又放了下来。她感觉到了他的变化，转而一笑，拉起他的手飞快地跑开，然后，撒娇地要他拥抱，她想让他快乐。他于是也笑了，露出洁白的牙齿，你快乐也是我快乐，他说，他抱着她在空中飞旋。很多人停下来看，多么好的世间情感。

她伸出手来抚摸他在桌上的手指。他的手指很长，筋脉分明，是一双很艺术的手，而她的手更加嫩白，指甲泛着粉红的光泽，无名指上圈着一枚镶钻的戒指，很漂亮，像是一幅钻戒的平面广告。他说过他要用一枚钻戒来向她求婚的，可是在那个约定一生的位置上，却早早地添上了别人的印迹。他有落泪的冲动，忙用手摸了摸额头。她直直地看着他，面前的这个男人，她曾经是如此熟悉，他的眼泪落下的时候宛若三月的杨花，纷纷扰扰的，让人的心间冒出细细的水滴。他们这样对视着，彼此的瞳仁里只有对方的影子，时空交错，仿佛又回到了那个白衣胜雪的年代。

深冬的早晨，她站在漫天的雪地里，脸颊红红的，黑发如瀑。他跑过去，一把将她拥入怀中，嘴唇轻触之处，皆是一片清凉。这样的画面，常常让他在午夜想起，他终是忍不住地落下泪来。他是个脆弱的男子，感情细腻。白天里冷若冰霜地穿行在人群中，黑夜中像兽一般舔舐自己渗血的伤口。他保留了一切关于她的东西：相框，日记本，爱看的书，520 颗幸运星，几根落发。这样的怀念像干花，失去了水分，只留下依稀的模样。可他仍然固守，爱情，不是容易遗忘的东西。

大厅里响起了音乐，缓慢地流淌着。他的心一动。是王菲的《我愿意》，“我愿意为你，我愿意为你，忘记我姓名，就算多一秒，停留在你怀里，失去世界也不可惜。我愿意为你，我愿意为你，被放逐天际，只要你真心，拿爱与我回忆，什么都愿意，什么都愿意为你。”他的眼眶一红，一滴泪还是顺着鼻翼滑落下来。曾经一起爱过的歌，此时此刻却如此贴切地道出了他的心意。她递过来一张纸巾，他恍惚了，曾经的时光在这一刻交错重叠，阳光斜斜地照着。也是在这张靠窗的桌子上，她递过来一张纸巾。这是他们第一次来，是他整整写了一个月的广播稿换来的。他站在五月开满木棉花的街道上，拉着她飞跑着，这是他给她的惊喜，他只要她快乐，简单的愿望让心顷刻间涨得满满的。

他翻转过她的手掌，柔顺地将它展开，他的食指轻轻地触碰着，像鱼群迷乱的吻，这是她喜欢的游戏。常常在半夜的时候，他们会一起默契地醒来。然后她要他闭上眼睛，摊开他的手掌，在他的掌心写字，让他猜。他始终记得她第一次做这样的游戏。那是一句长长的话：“我喜欢你，我要和你一辈子，你知道吗？”他故意逗她，一直摇头。她就这样傻傻地写着，直到他于心不忍，然后将唇按在她的额头上，他是如此心疼她。黑暗中的这个女孩，像一朵饱含汁液的花，热烈地绽放着。

一切都沉静下来。他写着："我等一朵花开，我等一场雨停，我等一段宿命。我在等你。"她缓缓地收回手，眼里满是无奈。遇见的，错过的，消失了。他的手指半悬在空中，一个哀怨的姿势。时间停滞，记忆倒转，那个曾对着他说爱的女孩，如今已经消失不见了。

手机铃响，她拿过包，优雅地接电话。他侧转头，一辆车停在不远的空车位上，他知道这将意味着结束。没有道别，只是彼此眼神的交替，看到对方的心底，他目送着她，直到消失在茫茫的人海中。他突然发现，她比以前漂亮了许多，也成熟了许多。乌黑柔顺的长发已变成了酒红色的波浪，一张精致修饰过的脸，耳垂上是两颗镶水钻的耳钉。他抽出一根烟点着，眼前浮动的始终是那个冬日的早晨，那个有着红扑扑脸蛋的女孩，他靠近她，犹如靠近一片雨水后的树林，他仿佛能闻到植物生涩的气息。

几分钟后，他站在了人群熙攘的街头。深冬的季节，风有些凛冽，他紧了紧衣领，朝前方走去。遗憾的是，他还有句话没有对她说："亲爱的，过几天我就有自己的车了，我可以天天载着你来这里喝咖啡了。"

开往春天的地铁

时间是一个魔术的咒语，它的旋转，充满了我们所有盛放的想象。当玫瑰铺天盖地的那一个瞬间，你是否会牵起爱人的手，轻轻地说三个字。

我是一个喜欢浪漫的人。常常会在缤纷的大雪中幻想一场爱情——那个踏冰而来的女孩，舞起了一身的轻盈，她会在我的肩头裹上酒红色的围巾，然后吻我的眉心，春天就悄悄地来了。

记得自己刚刚上网络的时候，参加了一个论坛的“初恋情怀”征文，我写《爱情，不相信眼泪》。那是一幕悲情的往事，零落成泥，而心底的痕迹却清晰如初。所有的飞扬和黯然，都在我的文字里沉默，有太多的语言，消失在远古的故事里。

我想起自己哭泣的脸，和心底沉淀的那一抹忧伤。

如果一切都可以重新开始，我是否还会和她踏上开往春天的地铁？

曾经很多次一个人在地铁站里徜徉，看飞奔的列车从眼前驶过，顷刻间路人滑行如电，两边的墙上闪动着青春气息的广告，绚丽的色彩缠绕出一种迷乱。出口的地方有弹吉他唱歌的少年，声音的背后是陶醉的表情，你的眼神与他无关。所有的情节都在空旷的感觉里流转，如风，穿行过梦中的花园。

一直都觉得乘坐地下铁是一场关于梦想的旅行，不管路途中会有怎样的风景，它都会准时出现在你所希冀的地方。不断地发生着告别，也不断地发生着相遇。

忽然想起了旧电影《爱情麻辣烫》里那一对在地铁里擦肩而过的孩子，年轻的脸上有丰富的表情，青涩的爱情跳跃在他们的眼睛里。

如果邂逅是一种浪漫，值得感恩和珍存，那么擦身而过的瞬间，你会不会对它心怀留恋?

曾经有人在读了我的文章以后对我说，你是一个虚无的人，生活在想象里，不敢去面对现实生活的艰涩。我想，我从来就是一个真实的人，只是，对待生活，我们选择了不同的态度和视角。热闹是你的，而落寂属于我。

我觉得这样很好。

走过了许多繁华的地方，发现孤独才是城市最具魅力的气质。很喜欢那些人迹稀少的商场，或者豪华或者颓败，我可以从容地欣赏我所能看见的一切。

记得在时代广场的 IZZUE 专柜，没有太多的顾客，我用了一个多小时的时间去试那些我喜欢的衣服。有很轻松的快乐，自由的状态总是充满惊喜。卖衣服的女孩穿黑色的高领毛衣，个子高高的，笑容里有暧昧。她一直在对着我说话，清脆的声音，先生，它们都很适合你。

从心底喜欢这些带着另类设计理念的衣服，它们是美丽的糖果，被我握在手中，舍不得放下，直到融化。

那天我好像买了有 5000 元的衣服，衬衣和裤子，包裹着我的身体，还有自己不甘平庸的心灵。离开的时候我问卖衣服的女孩，你叫什么名字。她说她叫丹丹。温暖的名字，一如春天。

安妮说，爱情是一场偶遇的烟火，我信。

用一生的寂寞去换烟火一瞬间的绚烂，纵然一夜白头，也有片刻刻骨的温暖。再回首时怀抱千年的清冷，用回忆祭奠生命里最美丽的光环。当宿命的苍凉漫成黑暗，爱情，已远在天涯。

其实更喜欢张爱玲关于爱情的比喻：爱情是一个苍凉的手势。手语里的爱情，悄然无声，却负载着太多的语言。里面是前世和今生，里面是海誓和山盟，悠然地沉淀，芳香在岁月的枝头，与往事一道沉默。

也许有一天，一切的一切，包括我们的身体，都将成为尘埃，消散在历史中。浪漫不复存在，开始和结束都只是一场游戏，但春天却依然会来。

那些断断续续的碎片，不仅是一个重复的结局，更是一个崭新的开始，属于我们的，是生命里最初和最后的幻觉。

想起了论坛里一个女生的签名：“女孩子的每一颗眼泪，都是天上的一个天使。”总是会有人用浪漫来诠释生命。

一如纯白的我们，怀着对爱情矢志不渝的期盼，等待开往春天的地铁。

望，忧伤以远

如果爱情的某些经脉已经干枯，我只能触摸那些仍然湿润的经脉。

坐在疾驰的火车上，我望着窗外，一排排的树木转眼就消失不见，带着我驶向那个我曾经无限热恋的城市。这本不是计划的旅程，但是小雪为我买好了车票。

她说还是去看看吧，我说那也好，只是因为路过。

火车的速度渐渐地减慢了，蓝天、白云、从耳侧滑过的风，我又看见了这个熟悉的城市。曾经在这里，我读了四年的大学，谈了一场刻骨铭心的恋爱。如今，我早已离开它，而影，仍旧待在这里。

火车停稳的时候，小雪紧紧握住我的手，安奕，我去买一些零碎的东西，你可以去看看你的从前。记住，我们的飞机票是 3 点的，你有 4 个小时的时间。

我望着善解人意的小雪，微笑，说，好的。身边的爱人温顺如斯，我应该知足。

坐着 TAXI 去学校的路上，我的记忆又回到了从前。那些少年的往事，纠缠着理想和爱情，在心底又开始盘旋。

我和影是大学同学，同在一个艺术类院校，我学的是摄影，而影的专业是绘画。我们的学校不大，经常可以和影遇见，只是从未说过话。一个秋天的午后，我骑着单车到郊外拍照，意外地看见了影。她安静地坐在一棵杨树下，认真地画着远方有小河穿过的村庄。我把她悄悄地拍下来，然后离开，回到学校的暗房里，我冲洗了她的照片，仔细地端详她的样子。影很清瘦，表情冷漠，却有一个坚定桀骜的眼神。她穿蓝色的 V 领毛衣，翻出来有碎花的白色衬衣，照片里的她如同沙漠的海市蜃楼，仿佛遥遥相望，却有不可即的气质。我想我和她，或许没有任何对话的可能。

后来这组照片中的一张在学校的毕业设计作品展中被评为优秀，影找到我，她连说话的声音听起来都那么冷静。

你是安奕?

我是。

我的照片是你拍的?

是我。

能不能把底片给我?

影说话的时候仿佛有一种无形的力量，让我无以为拒，只有把底片交到她的手上。

好孩子，她说话的时候笑了一下，嘴角轻微地翘起。你的摄影语言不错，这照片我很喜欢，影拍了一下我的肩膀，晚上请你吃饭。

晚餐是在学校西门的一家小餐馆吃的，麻辣小龙虾和炒田螺，影喜欢吃辣的。她的手指看起来很柔弱，但是灵巧。我们说了很多，关于艺术，关于未来，关于人生。我知道了影很小就开始了独立的生活，影的父亲去世得早，母亲再婚后继父脾气暴烈，总在喝醉酒以后狠狠地打影，影只好跟外婆住在一起。11 岁那年，外婆也去世了，影一个人，帮邻居看小卖店，挣一些钱读书。说这些的时候，影的表情依然是冷漠的，只是长长的睫毛似乎有些弯曲，可以看到她心里的忧郁。影没有哭，她告诉我，她的眼泪已经流尽了，她忘记了怎么哭，在那一瞬间，我忽然感觉到她内心里的挣扎，这种感觉让我难受。

从饭馆出来，我们同时抬起头看天上的月亮。影说，嫦娥是孤独的，可是她还有玉兔为伴。我侧脸看着影，她的冷漠的脸，如同一道伤口，在清冷的月光下泛着一丝幽蓝。

影说，去看看我的画吧，我说好。

在一个巨大的空房间里，我看见了影的数不清的作品。影说，这是一个废旧的工厂厂房，年久失修，没有人管理，我把它租了下来。每个周末，我都会来这里，画画，或者看自己曾经画过的画。

我的眼睛跟着影在她的画里穿梭着，那些色彩斑斓的画让我有种失重的错觉，我觉得头晕。影说你怎么了，是不是不舒服？我说是你的画感染力太强。你用的色彩太夸张，橘色、黄色、红色，它们是那样的艳丽。影看着我，静静的，她没有说话。

你的内心世界太冰冷，你渴望温暖，是这样吗，影？我说。

你是第一个看懂我的画的人，安奕。影没有表情，只是那双眼，有了温柔。

我牵起影的手指，冰一样的凉。影，你的忧伤打动了我。影靠过来，把头埋在我的怀里。安奕，靠近我。我抱住影，听见她轻柔的呼吸，如同夜晚的大海，潮湿，静谧，安详。

影，你的一切都让我心疼。我希望，我能带给你如暖风一样的感觉。

那一夜，我和影在她长长的画卷里做爱，如同一场幻觉。

影的身体在我的面前慢慢地展开。她肌肤的白有种透明的质感，在黑暗中释放着奇异的光泽，我们吻着，如此炽烈。影仿佛一个从冬眠中猛然醒来的动物，起伏中爆发出最原始的力量。伴随着影的呻吟，我进入她的身体，她说疼，但是有淋漓的快感。

当我醒来，天色已是微明，一抹淡淡的光打在影的脸上。影还在睡梦中，半侧的身体又恢复了她平时冰样的冷静，是一种忧伤的蓝色。影把所有的忧伤和激情都埋藏在自己心底，却在自己的画里选择了燃烧。

影是一株浑身是刺的植物，而我，像一把锋利的刀刃，刺进了影的身体。鲜血一点点从影的身下流出，带着影的孤独的体温。

TAXI 停在了一条宽阔的马路上，应该是新修的，还有清新的沥青味道。从一个斑驳的铁门走进去，依然是那条熟悉的小路，两边的杨树又粗了许多，只是树叶干枯，几个石凳还在，上面浮了一层薄薄的灰。初冬的季节，头顶的阳光懒懒地洒在我的身上，冰冷的皮衣上附着太阳的温度。终于看见那个大大的房间，它的周围长满了荒草，影就在这里，我忽然有了一种想哭的冲动。透过门上大大的玻璃窗，我看见影正在那里专注地作画。她依然没有表情，白皙的皮肤下面是细细的微蓝的血管，屋里很暗，影是不需要阳光的。

在毕业的那个夏天，我和影有了巨大的分歧。我想去北京，可是影却要留在这里。我告诉影，北京有中国最好的摄影师，有中国最好的画家，有中国最好的艺术环境，我们应该去那里，那里有我们的理想，那里更有我们的未来。影淡淡地说不，那些都是你的。这里有我的画，这里有我的灵感，我不能离开这里。影的坚持那么决绝，丝毫不容商量。我知道自己根本无力去改变她。

她身上流着叛逆的血液，你可以进入她的身体，但是进入不了她的灵魂。

分手的那天，影依然没有表情，我抱了她一下，算是告别。我们在长长的阴影里说着再见，远方有寂寞的鸟叫声。影，我无法带你走。

时光像一个黑色的洞，我们沉陷在里边，看得见远方的烟火，可是身体却不断地坠落。缓慢，彼此不见。

影还是执拗地留在了这个地方，毕业后留校，做了老师。影有自己的理想，希望她的画室有朝一日能成为艺术的宝藏，成为不朽的传说。

影，这样一个孤傲而才华横溢的人把自己的身体寄居在这所学校里，把灵魂放逐在她的画室和作品里，把爱情，遗忘在了天涯。

而我，在天涯以远的地方，遥望，夜晚，灯火昏黄。

我曾经苦劝过影，但她还是坚持着自己的抉择。安奕，你走吧，我不会后悔。影选择留下，而我只能选择离开。

我静静地站在画室的门口，看着影寂寞如泣的背影，一如我从未离开。影一直存在于我内心深处最柔软的地方，如霓虹般浮动明灭，却从不曾消失。

影转身来拿颜料，抬头看见我，手中的画笔跌落在了地上。安奕，她轻轻地叫了一声，安奕，是你吗？是你吗？影冲出了画室。

我就在影的面前，30 厘米的距离，时光静止。

阳光下，影紧紧地拥着我，安奕，她把头埋在我的怀里，很久。我能感觉到她的体温从蓝色的牛仔服里透出，然后融化在空气里，零落成尘。

如果没有小雪，我和影那迷离的爱情又是否能够重新燃起？

那时我刚到北京，奔波了一整个夏天，终于凭借自己的实力在一家中等规模的媒体做了摄影记者，工作繁忙，收入不菲。我曾经想过把影接到北京，几次给她电话，都以不欢收场。我终于明白，和影的一切，注定无法改变。

影流淌在血液里的坚持，是一种病，将长此一生。

小雪是一家出版社的编辑，南方女孩，聪清秀。因为出版我的摄影图文，我与小雪结识，后来慢慢熟悉，感觉到她人性的纯粹和纯真，觉得安全。

触碰了像影一样辛辣气味的女子，我开始向往平淡而真实的情感。

经过了，就会想通。其实爱情，不过就是在人生的旅途中，为彼此做个伴。于是我放心地和小雪牵手，用心去爱，分享生活的点滴幸福。

本以为我只会把影隐藏成一种心事，那些过往已随风消散。可是当影真真切切又出现在我面前的时候，却分明听见了自己的心跳声，还有那种缠绕的疼痛，和从前一样。

影紧紧的拥抱让我几乎窒息，可是我们都不愿意放开。不知道过了有多久，影牵着我的手，带我走进了她的画室。影的画挂满了整个房间，在灯光下矜持地闪烁着。我注意到色彩的变化，那些浓郁的艳丽色调被更多的深蓝色所取代，简单而忧郁。

你变了，我对影说。

是的，蓝色是思念的表白，安奕，你能明白吗？

影打开一幅画，画面满幅是树，一棵又一棵，树下边是一条石头铺的小路。然后一对被抽象化的情侣，背靠着背，望着比树更高的天空、繁茂的星辰和幽蓝的夜空。

影说，这幅作品叫《望》，他们在望着时空里发生的爱情。

天涯以远的地方，是忧伤，望不到尽头，我无力地说着。

影从背后抱住我，紧紧地。

为什么望不到呢？我可以用手把它画出来。你看我的手还是这么温润，这么细长，这么灵活，影的手缠绕在我的腰间。我轻抚她的手指，依然如冰的凉，透彻心扉。

我不能再多说什么，影生存在她自己所营造的艺术世界里，单纯得如同婴儿。一个太接近自己灵魂的人，注定无法在现实中真实。

我不忍心再说什么，4 个小时，就让这 4 个小时在快乐中度过吧，我告诉自己。

耳边响起了音乐，是我和影曾经听了很多次的歌，许巍的《蓝莲花》。

“没有什么能够阻挡，你对自由的向往。天马行空的生涯，你的心了无牵挂。穿过幽暗的岁月，也曾感到彷徨。当你低头的瞬间，才发觉脚下的路。心中那自由的世界，如此的清澈高远，盛开着永不凋零的蓝莲花。”

蓝莲花，美丽得动人。可是如果爱情的某些经脉已经干枯，我只能触摸那些仍然湿润的经脉。

影倒了两杯酸奶，洁白的乳液，我喜欢。对于一切白色与黑色的东西我总是喜欢的，我善于用它们在相机里勾勒这个并不完美的世界。

影温柔地靠在我的手臂里，哼着歌曲的调子。我捧着盛着酸奶的白瓷杯子，影捧着我的手，时间就这样凝固了。

一缕阳光从窗外探进来，影在我身边安静地睡着了。她画画太伤神，疲倦把她覆盖，我知道她已经很久都没有这样好的睡眠。希望她能做一个充满了阳光和鸟语花香的梦，当梦醒来，影可以忘记从前。

影的睫毛沾了些许阳光，成了褐色。我寻着颜色，轻轻地吻她的额头。对不起，影，我必须走了，在我们之间，告别早已是一件注定的事情。

自从离开了影，我就和她一样，养成了只有靠安眠药才能维持睡眠的习惯，出门的时候，身上总是会携带着一小瓶。影的杯子里被我悄悄地放了一片，于是她安静地睡了。

原谅我，影，我不想再次面对诀别的痛。如果这一刻，我留在你的身边，当你醒来的时刻，依然会是一场无声的离别。这痛，无法避免，我们终究还是要回到各自的轨道里。

我起身把杯子洗净，放回茶盘里，然后把被子给影盖好。走了，影，把这当作一场梦吧，我没有来过。

出门的时候感觉到手机的震动，我接起电话，你好。听见小雪轻柔的声音，安奕，我已经到了机场，还有 50 分钟的时间，你不要着急，我等你。

招手拦了一辆 TAXI，红色的出租车在这个城市中飞速地划过。楼群成为背后，街市成为背后，走过的地方已不留痕迹。

影应该到明天才会醒来，而小雪，正在等我。

温柔之城

二月底的北方依然是冬天，太阳下仍有微微的寒冷。我缩在开着暖气的办公室里，遥望着窗外灰蒙蒙的世界，心底泛起莫名的忧郁。

我有一点疲倦。程式化的生活让我无从选择，沉闷的冬天让我压抑。我不知道在城市的哪一个角落会存在一个通往春天的出口。

我想，我需要一次旅行，关于心灵。

薄薄的夜色中，我踏上了开往南京的火车。列车在清冷的轨道上奔驰，发出寂寥的撞击声，暗淡的星星在遥远的地方闪烁着，黑夜包围了我的目光。

沉默中我选择阅读，杨绛女士的《我们仨》，温婉的笔触轻轻地勾勒，浓浓的亲情孕育其间。我喜欢这样的叙述，仿佛生命是静止的状态，与岁月无关。车内的灯是昏昏的黄色，时间长了，眼睛很费力。于是和衣睡去，想来明晨会有暖暖的阳光。

陌生的南方城市有一种潮湿，呼吸里有水的味道，我轻轻地闭上眼睛，闻到缥缈的花香。这里的朋友说，现在是梅花盛开的季节，南京很美。想起论坛上一篇文章里的句子：“如何让我遇见你，在我最美时。”我忽然笑了。

和一个城市的拥抱，其实就是感知它的某种气质。然后开始寻找，顺着灵魂的脚步，走过繁华和颓败，成为历史，成为回忆。

而远方，又是新的旅途。

直觉中南京是温柔的，整个城市仿佛都陷入一种柔弱的情绪中，随着季节的起伏而逐渐沉沦，沉沦成一种妩媚，美丽出千姿百态。

我忽然很想在这里邂逅一场爱情，演绎那些眉目入画的深刻风景，成为故事，流传在浪漫的时间里。

这时候天空开始飘起了细碎的雨水，我撑起一把银灰色的伞，漫步街头。路是湿的，积了浅浅的水，踩上去有清脆的声音，雨滴顺着伞檐慢慢地坠落下来，成为一条条缠绵的直线。夫子庙的步行街里有些拥挤，男人和女人，青春和过往，都有生动的表情。

我在一个叫 E-SHOP 的服饰店面前停下了脚步，透过玻璃看橱窗里的卡通娃娃。娃娃是黄色的，扎长长的辫子，眯着眼睛朝着我笑。在她的笑容里，我看见透明，是我喜欢的纯净。走进去，里面有很大的空间，分成了三个格子，分别卖饰品、男装和女装。整个房间的色调是亮亮的黄色，连导购的女孩子穿的衣服也是，她们眼神柔柔的，声音甜美。我试了几件衬衣，一件缀满褐色的花朵，一件布满白色的斜纹，都是我喜欢的样子，价钱也不贵，买下的时候，觉得心安理得。

穿过长长的步行街，站在夫子庙对面的桥边，看着秦淮河从我的脚下缓缓地流过，满眼都是碧色。水面上泊着几只小舟，显得有些无助与孤独。远处传来缥缈的音乐，风过有痕。脑海里幻化出那个在古诗里“隔江犹唱后庭花”的女子，娇艳的音容后是轻浮的灵魂。一千年的往事如风，散发悲歌的生涯，却常常唤醒岁岁失落的诗心。我们在旧梦中苏醒，现实又是浓重的夜。

随手挡了的士，一路穿行。两边的霓虹灯一盏盏亮起，它们是城市夜的眼睛，红色的眼睛。下车的时候雨已经停了，感觉空气清新，有微风拂来，像少女的手抚摩在脸上，每一个动作都注满了温柔。

夜的南京是愈夜愈美丽的地方。在新街口一幢幢华丽的商厦里，有太多的美女体验着时尚和奢华，她们衣着靓丽，青春逼人，不经意间身姿恍然为影，透着一种诱人的怜惜。我频频地回首、凝望，眼睛里都是黎明。

欣赏南方的女生，像饮一道清茶，淡淡的，却有长长的回味。

不远处的广场上有一群少年，彩色的运动装、金黄色的头发和天蓝色的墨镜，在台阶和斜坡处飙车，做着很多充满动感和难度的动作，年轻写在他们自信的笑容里。蓦然间觉得自己有些苍老了，那些无声的从前，淡漠成久远的黑白片，保存在记忆里，留给自己最初的羞涩情怀。

想起自己在一本书中读到的话："你永远不能抵达某座城市，城市像某个人，能辨别的，仅仅是那张脸。"也许我们需要的并不太多，一个朦胧的感觉，就足以让我们陶醉，一如爱情。我们宁愿堕落，也不愿和心动擦肩。

爱上一个城市，很多时候就像爱上一个女孩，只是因为她恰好是你所喜欢的气质和容颜。

走过温柔之城，我觉得自己沉静了许多。

当我挥别你的时候，会有很多的不舍、很多的留恋，可是我知道你不属于我。我只有悄悄地留下一个吻，伴你在每一个黄昏和拂晓。

伴我到天明

巧克力的幸福

那一年的夏天，我考上了研究生。

拿到通知书的当天，刚好是我的第二十一个生日。阳光很好，心情也灿烂。

从小到大，我都生活在这个北方的城市里，感受着它的博大和深邃，从来没有想过离开。成长就这样在不经意中悄悄地发生着。小学、中学、大学，再到研究生，我一口气读了下来，一直都觉得很轻松。

书读得太久了，蛰居在校园里的日子就显得漫长。我始终背对着这个充满了欲望的世界。现实对我而言，有一些疏离，也有一些陌生。

我喜欢穿白色的棉布衬衫和磨得有些旧的牛仔裤，喝可乐、听流行音乐，还踢足球，过着简单的生活。我始终认为自己的身上依然保有某种纯净的气质，接近于透明。我喜欢这样的自己。

每个周末我都会回家，但是从来不挤公车，而是行走。一条笔直的马路，两边有浓密的树。秋天的时候，地上会有很多落叶，是金黄色，铺成了一层，用脚踩上去，有沙沙的声音，我很喜欢听。有时候还会挑几片叶子捡起来，用手捧着，在阳光下看它们的叶脉，一根又一根，纹理各异。然后把它们夹到厚厚的课本里，珍藏在我的世界。我用这样的方式，尊重着另一种生命的轨迹。

我相信轮回。

对其他的生命好一点，就是对自己更好一点。佛这样说。

在学校里，我是一个低调的人，不喜欢喧哗，也不喜欢出人头地。总是保持淡然的表情，无视着繁华与成长。上课的时候会安静地坐在教室的一角，不和任何人交谈，把所有的目光都交给老师或者黑板；课余的时间，常常躲在主楼后的木凳子上面阅读海子写的诗：

姐姐，今夜我在德令哈，夜色笼罩
姐姐，我今夜只有戈壁
草原尽头我两手空空
悲痛时握不住一颗泪滴

我体会着语言里最初和最后的苍凉。

我用一部阿尔卡特的手机，有金属的质感和古怪的外形；很少会有人认同，但是我就是喜欢，总觉得里面蕴藏着一种很神秘的浪漫气息，让我沉迷。我习惯于将它握在手里，这样我觉得踏实，也许是因为我一直都缺乏安全感吧。它的铃声很奇怪，闷闷的声音，穿透力却很强。电话响起的机会不算太多。经常找我的人，除了父母，就是丁丁。

丁丁是我的校友，大三的本科生。她有长长的头发和圆圆的脸，笑容干净，挂着两个甜蜜的酒窝，很温柔，信仰爱情。

我们是在自习的大阶梯教室认识的，当时她与我的座位隔着一个位置，借我的钢笔写字。她对我说，我的笔坏了，宿舍又好远。我把自己的笔递给了她。第三十七分钟的时候她把笔还给了我，笑着说：“谢谢，我是国贸系的丁丁，很高兴认识你。”声音很好听，音质纯净。我也笑笑回答说：“我是金融系研一的夏逸，我也很高兴认识你。”

平常很少和女孩说话，所以有点不习惯，我猜，当时我的脸一定很红。

那天晚上我们一起走出了教室，校园的小道上有淡淡的月光。丁丁穿一件红色的毛衣和橘黄色的裙子，看起来很舒适，有温暖的感觉。她一边跳跃着走路，一边侧着脸笑，扬起的嘴角里满是快乐。我不知道她笑什么，只好沉默。哪里很好笑吗？我不停地思索着这个问题。丁丁似乎看透了我的心，薄薄的嘴唇轻轻地动：“你的样子很脆弱，但是干净，像一块白色巧克力，让人快慰。”她说话的同时，头发被风吹了起来，有几根飘到了我的脸上，蹭得我有些痒，还伴着一股清雅的香味。我很想用手去触摸一下。可想了想，终于没有动。

经过一个小小的超市，丁丁停住脚步，仰起脸问我：“你喜欢吃‘和路雪’吗？”我说，不知道，因为吃得很少。“那今天就陪我一起吃吧，我很喜欢的，呵呵。”丁丁仰起脸看我，有清澈如水的眼神。“好吧，我买给你吃。”我从牛仔裤里掏出了钱包，手却被丁丁按住。“今天我请你，是我借了你的钢笔。”然后她不由分说地交了钱。两个冰激凌，她自己的是柠檬口味，而给我的是巧克力口味。

巧克力会让人有幸福的感觉，丁丁告诉我。

那一夜我睡得很晚。我一直在想，巧克力的幸福到底是什么？是巧克力本身苦涩后的甘甜，还是丁丁嘴角那一抹动人的微笑呢？

我想得好累。可是没有答案。

那一眼

课程简单，安排得也散，我的空余时间有很多。

于是开始写诗。

留了长的头发，我想让自己看起来有点诗人的气质。丁丁说，我留长头发的样子显得颓废。可我说这是优雅的颓废。

常常会拿着一支笔，要一杯咖啡，泡在星巴克里坐一个下午，划一些飘零的句子。思绪困顿的时候我写不出东西来，只能感觉到乏味。原来，诗歌的语言竟然和现实生活有着如此之多的矛盾与冲突。这时候我会停下来，隔着窗户看街道上的行人，他们从这里经过，走向远方。远方有什么？谁又能知道。

星期三的晚上，我去参加一个诗歌沙龙，在一个安静的酒吧里。酒吧的名字叫“流年”，听起来有种隔世的寂寞感。里面的空间被木质的框架建筑撑起了结构，整体是砖红色的视觉效果。墙面上贴了很多 BEATLES 乐队的照片，环绕着缓慢的爵士乐，生成的是怀旧的气氛。大厅的中间设计了一个小小的喷泉，水柱的底下有七彩的灯，打出了柔和的光。转角处是一个扶梯，沙龙就安排在楼上。

主持人是电台的一位 DJ，有着磁性的嗓音和招摇的发型，金黄色的外套在灯下光芒四射。我依然坐在固定的 9 号位，要了一杯鲜榨的橙汁，放入了很多冰块，零度的口感让我清醒。

陆续有所谓的诗人走到中间发言，吞吐着迷离的文字，像一只只囚在水缸里吐着伤心泡泡的鱼，发出寂寞的声音，我们都需要自由。我眯着眼睛看每一个来来往往的演讲者，倾听着或深沉或激扬的语调。

一个留着大胡子的人说，诗歌是伤痕的艺术，创作实际上就是温习自己伤痛的一种过程。满座都是掌声和专注的眼睛，除了我。我没有鼓掌，眼睛里是迷茫。又有一个穿着牛仔服的中年人宣读了他自称获得过全国诗歌比赛一等奖的作品："凄冷的月光下，我变成了一头猪，在镜子前扬起自己干瘪的乳房……"我忽然很想笑，艺术的语言居然可以如此的荒诞?

四周响起的却是更热烈的掌声。我发现自己在人群里是那么孤立和另类。

侧过身子的时候，目光在无意中从她的身上掠过。一个戴着墨镜的女人，穿一袭黑色的职业套装，干净利落的头发。竟然和我一样，没有任何的表情。手里有一支烟，红色的烟蒂、白色的烟身、纤细的手指、优雅的姿势。她看起来有些桀骜，虽然我和她相隔只有几米，但感觉到的却是距离和陌生。是与生俱来的淡漠态度，还是潜移默化的高洁气质？我无从分辨。而这一切，随着她嘴里溢出的烟雾飘浮在空气中，形成了致命的诱惑和吸引。

DJ 把麦克交到了我的手里，众人的眼光都集中在这张年轻的容颜上。我慢慢地走到中间，仰起自己的脸，尽量低沉着嗓音，并且一直维持着这样的姿势和语调。我说，我理解的诗应该是一种无声的语言，可以是冷的，也可以是暖的，但是一定无声。

我还说，我听过最美的声音，就是宁静。

四周没有了声音，终于宁静。

我只看着她。她隐藏在墨镜的背后。我看不见她的眼睛，也看不清她的细微表情，可是我还是听见了自己心跳的声音。

后来她似乎笑了一下，嘴角的甜美给了我瞬间的安慰，很轻。然后她起身、离开，留下一个黑色的背影。

我忽然觉得很难受。为什么没有和她说话？

走出酒吧，是深沉的夜。我仰起头看天，月光黯淡。城市是那样大，自己是那样渺小。我感到孤独。路灯照着自己的影子，我踩出寂寞的脚步。这一刻，我觉得自己是一个被时间遗忘的孩子。

遇见她本身就是一个意外，而再次遇见就是意外中的意外了。

一辆蓝色的 M6 从我的后方驶来，停在我的身边。玻璃窗摇下，出现她戴着墨镜的容颜。我看着她，久久无语。她仍然没有表情，像一塑完美的雕像，塑成了最绮丽的风景。

她把车门打开。上来吧，她的声音有一点沙哑，但很有力量。我无法抵抗。车开得很慢，CD 里播着赵传的歌：“我站得比山还高，是因为要看清楚，你离我多远。”“喜欢吗？”她问我。我说：“喜欢，赵传的歌总是在坚强的背后隐藏着很深的温柔。”她侧脸对我笑了一下，表示认同。笑容倾斜。“你对诗的理解很新奇”，她又说。我说，其实我不会写诗，所以只能让语言安静。

这个时候我咳嗽了一下，车也停在红灯亮起的十字路口。我知道自己有一点紧张，越靠近她的呼吸，越觉得不真实。她把车开得快了一些，我感到路边的树在飞快地移动，迅速成为遗忘。

我到了，谢谢你送我。我冲她礼貌地微笑。“你的笑容像个孩子，落拓而天真”，她对我说。“希望我的笑容可以留在你的记忆里。”说这句话的时候我很勇敢，有些出乎自己的预料。她递给我一张 CARD，告诉我上面有她的名字和电话。然后她摘掉了深蓝色的墨镜，看了我一眼。我注意到她的眼睛，很美。大，而且明亮。而她看我的那一眼，仿若一道流星，划过长长的黑夜，洞穿了我灵魂的所有防护。

只有震撼。她的一切令我向往。

最后她说了一句，你应该把头发剪去，我应该更喜欢你短发的样子。

我拿起她给我的 CARD，SAMMI，她的名字这样好听。

回到自己的小屋里，我开始在电脑前写字——

月色在苇上凝结为霜 / 碎银的星辰像风一样凉 /
立冬 / 我伸出遥望的手 / 隔着一泓秋水的距离 / 却始终触摸不到你 /
大地取走青草和花朵 / 取走瘦流水 / 取走最后的诗词 /
走在立冬的边缘 / 一场雨正在缓慢地冻结 /
从立春到立冬 / 花木和蝴蝶最终分手 /
在春季深处 / 用竹篮打水的人 / 还在阅读蝴蝶酿造的爱情 /
而在立冬的边缘 / 冰冷的雨群正在心头 / 急急地停伫 /
期待冬雨覆盖从前 / 我和身披白衣的苇一样忧伤 /
谁取走我的青草 / 谁取走我的冷诗词

想着这些的时候，破碎的雨水就落下来。SAMMI，这是我刚写的诗，希望你可以看一下。

写完的时候，天色已经泛白，我轻轻地点击鼠标，信件就航向了SAMMI。

我第一次给一个陌生人，而且是陌生的女人写信。

一吻如花

和平时一样，我穿着白色的衬衣和蓝色的牛仔裤，戴了一副浅咖啡色太阳镜，站在阳光下等丁丁。脖子上挂着蓝色的 MP3，放着蔡健雅的《你的呼吸》，心情平静。

中友百货的门口，人流如注，他们注解着这个城市的繁华。远处的天空，飘浮着几个红色的氢气球。也许是以为重新获得了自由，它们快乐地在风中舞蹈。

可是，又是谁不小心失手弄丢了自己心爱的玩具？

我的肩膀被敲了一下，我回头，丁丁看着我微笑。“你怎么舍得剪去你的长发呢？”她问。“这样会更青春一点”，我说。丁丁“哦”了一下，眼睛望向了别处。我知道她在思考，为什么她要求了很久我都没有剪去的头发会突然消失呢？

我有些害怕，在我的潜意识里，感觉到了某种隐藏的残酷。

丁丁说：“我们去看玛丽吧。”

我没有见过玛丽。

玛丽是丁丁最好的朋友，父母是生意人，经常奔波在国外，她一个人住一套美丽的大房子。玛丽可以说纯正的英文，喜欢读ELLE的时装杂志。

在我的想象中，玛丽应该是一个喜欢穿白色纱裙的女生，有纤细的手指和娇嫩的声音，也许还会有芭比娃娃的味道。

见到了玛丽，却发现想错了。玛丽的头发是染成金黄色的，还烫成大波浪，穿瘦瘦的LEVIS牛仔裤和紧身的黑色ESPRIT毛衣，身材曼妙。

客厅很大，中间有一个硕大的鱼缸，水里的热带鱼在灯光的照耀下欢快地游动着。我和丁丁坐在鱼缸对面的浅黄色沙发上，身体立刻陷入柔软之中。

玛丽的手中是一瓶红色的酒，倒在几个白色的玻璃杯里，色彩迷离。我们拿起酒杯，碰了一下。丁丁，你的男孩很帅，玛丽说话很直接。

我羞涩地低着头，还是看见了玛丽红红的唇。

房间里弥漫着一个忧郁的男声，听起来有些疲惫和颓废。玛丽说这是朴树的声音，我喜欢。

卧室的墙上贴满了玛丽的写真照片，缤纷的服装和艳丽的表情，昭示着玛丽各个角度的风姿。丁丁一直在仰着头看，羡慕的神情。这个时候我看到了玛丽脸上浮现出一种隐秘着的骄傲。

女人总是从对美丽的欣赏之中获得信心。

离开的时候天已经黑了，玛丽送我们出来，赤着脚。丁丁说："你快回去吧，别着凉。"我也善意地微笑："再见了，做个好梦吧。"

玛丽倚在玻璃门上，很安静地向我们挥手。

送丁丁回去的路不算太长，路灯是昏昏的黄色，有些暧昧的味道。我和丁丁靠得很近，伴着脚步的节奏，肩膀交互地摩擦。在一个拐弯的地方，丁丁忽然把头扭过来，双手环在我的腰际，紧紧地，然后突然用嘴唇狠狠地压住了我。接下来一个又一个的瞬间里，我的思想都是空白；而舌尖上暖暖的温度，轻轻地把我覆盖。

当我们的眼睛慢慢地睁开，我牵住了丁丁的手，俯在她的耳边说：你的吻像一朵盛开的花。

旅途

醒来的时候，头有些晕，胃里空荡荡的。在微波炉里热了牛奶和面包，一边吃，一边茫然地望着窗外。看见几只鸽子从视线里飞过，渐渐消失。

牛奶喝到三分之二的时候，我的电话响起。看着蓝色屏幕上闪动的电话号码，我按住了接听键。电话里的声音显得很遥远，可以感觉到时间上有明显的迟延。“我是 SAMMI，目前在香港，不知道什么时候才可以回去。收到你的 MAIL 了，你的诗很好。HONG KONG 这个城市很适合消费，有二十四小时的繁华，很美。想要什么礼物呢？我可以送你。”

听着 SAMMI 的语言，一种无力感捆绑了我的身体，我几乎握不住手里的电话。“我什么都不要，你回来就好。”挂掉了电话，我把自己狠狠地砸在床上，什么也不想做。

我知道，自己随时都有可能掉下眼泪来。

下午的时候，敲门的声音把我弄醒。是丁丁。“你今天为什么没有去上课？”“不想去”，我揉着自己的眼睛回答。“你总是像个孩子”，丁丁说话的同时还在帮我叠被子。我去给丁丁倒了杯橙汁，“你喜欢的苹果汁没有了”。“这个也很好”，丁丁微笑着。

“我们听歌吧”，我把音响打开。张洪量和莫文蔚的声音在音乐中交错：“你早就该拒绝我，不该放任我的追求，给我渴望的故事，留下丢不掉的名字……”丁丁把头仰起，长长的头发就垂了下来。伤感的《广岛之恋》，她喝了一口橙汁。

“在音乐的背后，是情人的眼睛，”我说。

丁丁沉默地看着我，用哀怨的眼神，良久。她说：“你看我的眼睛里没有爱情。”我“哦”了一声。

“你到底爱过我吗？”丁丁的声音变得比平时大了很多。声音里边是惊惧。我闭上眼睛，低下了头。我说，我真的不知道。“你是不是爱上别人了？”我看见丁丁的泪水从眼睛里溢出来，滑过脸庞，无声地掉落在地板上。我说，没有，你不要乱想。

丁丁猛地甩开我伸过去拉她的手，一转身跑了。随后是一下重重的关门声。我有些无措。我不想这样。可是我真的无法确定爱情的感觉。

喝着丁丁剩下的半杯橙汁，嘴里抿出的全是尴尬和苦涩。

不管什么样的离别，都会是黯然。我的心情不好。

把电脑打开，在邮箱里意外发现了 SAMMI 的 MAIL。它夹杂在众多的广告信件里，安静地躺在角落，表现出一种不为人知的落寞。

夏逸：

我在这个城市里最好的酒店给你写信。从窗户看出去，有舒适的视野和美丽的景致。天空很蓝。摩天大楼下是熙熙攘攘的车辆和人群在街道里匆忙地穿梭。他们都很渺小。

我感觉自己像一只被囚的鸟，身上的翅膀失去了真正的定义。

长久以来，我全身心地投入工作，义无反顾地走向自己曾经向往的方向。终于有一天，我披上了成功的外衣，却意外地发现自己在人群里正逐渐失去着表情。

我时常孤独，可是我没有可以倾诉的地方，就连眼泪也都开始失去了方向。

在很有限的空闲时间里，我会读一些诗歌，也仅仅只是作为一种放松。

人总是在矛盾中生存，而现实的生活又常常让我们流离失所。

很偶然的机会，我看到了你，你说诗歌是无声的语言。我曾经也这样想过，但是又自己把自己否定。也许，是因为我的内心并不如外表那样坚定。

在你的身上，我看到了一种近乎纯净的气质。它让我想起了自己的从前——那些穿牛仔裤、骑单车、唱校园民谣的简单日子。可是，我已经回不去了。有时候，不是我们不愿再去选择，而是已经失去了选择的权利。

我知道你的心底有很深的寂寞，像蓝色的海，也需要一个出口。

现实就是这样不尽如人意，我们在努力改变的过程中，也同时学会了承受。

生命就是一场旅途。不管你经过哪里，目的地都是一样的。

读完 SAMMI 的信，我望了一眼对面的镜子，看到了脆弱的表情。

卡拉是条狗

我看了一下手腕上的 SEIKO，7 点 51 分，和玛丽约我的时间还差几分钟。旁边有一个超市，进去买了罐可乐。嘴唇接触到气泡的时候，玛丽出现在我的面前。

玛丽穿一件低领的黑色薄毛衣，袖子上有很多镂空的部分，后面露出了半个背部。下边是黑色的紧身牛仔裤和褐色的靴子，腰间扎了一根褐色的磨砂皮带。她的手搭在一个男人的肩上。他是我的男朋友卡拉，在一家外企做主管。卡拉是方脸，戴一副金边的眼镜，笑的时候嘴有些歪。我们握了一下手，卡拉的手指短粗，弯曲的时候很有力量。我想起自己曾经在一本书中读到过，这样的男人性能力很强。

我们走进一个很漂亮的西餐厅，看见大厅的中间有一个女孩子低着头在拉小提琴，声音迂回，如泣如诉。选了靠着窗户的座位，餐桌上摆着漂亮的百合花，阳光从外边懒懒地照进来。这个地方的确很适合抒情。

侍者把菜单拿了过来，我扫了一眼，价格不菲。卡拉说随便点，这顿饭他请客，表情里埋伏了些许的不屑。玛丽解释说，卡拉月薪过万。我只要了柠檬汁和咖喱牛排，然后把头扭向了一边。我很不喜欢卡拉这样的表达方式。物质可以给人安慰，但绝对不是唯一。卡拉也始终没有看我，他的目光一直停留在玛丽高耸的胸部上。

玛丽和卡拉的对话，用的是英文。说得很快，我也根本不想听，所以不知道他们在说什么。

后来玛丽问我丁丁呢，我说她不会来了。

一切都在意料中，玛丽说，如同宿命。

也许玛丽说的是对的，两个太简单的人，只能叠在一起，成为重影，但永远不可以平行地延伸，在契合里把所有的梦想延续。

卡拉挥舞着手里的刀叉，比画着告诉我，怎么可以拿错了方向呢，左手的应该是叉，右手的才是刀子。我微微地冲着他笑：“对不起，我是左撇子。”卡拉的脸立刻有点红了，我说你要是不能喝酒的话，请尽量少喝。卡拉一下子从座位上站了起来，直勾勾地看我。我保持着舒缓的语气，“我要去下洗手间”。

回来的时候，看见玛丽在抽烟。烟圈纷纷击中卡拉的脸，“快和我的朋友说抱歉”。卡拉看着对面的我，尴尬地挤出笑容。

我忽然觉得这个月薪万元的男人很可怜。

从餐厅里出来，玛丽说我们去唱歌吧，卡拉的声音很好听。我说，不去了，我的心情不好，想回去休息。玛丽说，这样也好。我说，有时间替我去看看丁丁。玛丽说，我会的。

回去的路上我去了 SOGO，在里边试了一条咖啡色的条纹西裤，穿上显得很精神。于是付款，699 元，我第一次买这么昂贵的裤子。也许 SAMMI 就要回来了，我想让自己在她的眼睛里看着成熟一点。

从 SOGO 出来，起风了，很大。我的衬衣被刮了起来，露出里边白色的汗衫，头发也凌乱了。逆风中的脚步觉得沉重，我感觉到疲惫，于是招手拦了的士。红色的富康在黑夜中穿行，挡风玻璃外是城市的表情。

经过第二个路口红灯的时候，我看见马路对面的电影院门前，许多人在排队等待入场，旁边的海报上赫然写着：今日首映《卡拉是条狗》。

偶像剧里的男孩

很奇怪，在我的生命里总是有些难以割舍的情绪，挥之不去。

最喜欢的那条牛仔裤被磨出了很多洞，翻起一个又一个毛茸茸的边。把它换下来的时候，裤子上还有残留的体温。我忽然舍不得扔掉了，就把它放在衣橱的最上边，找了一块白色的布盖上。关上柜子的时候，我哭了。

陪了我那么久，还是需要离别。爱情呢？

学校里的生活还是很平淡，我也好久都没有再见到丁丁了。在那个偌大的自习室里，有时候我会想起从前：丁丁笑的样子、我们的第一次拥抱、我们的第一次亲吻。

还没有穿越记忆的花园，流逝的风景已碎成两岸。

我感觉自己变得慵懒，什么也不想做。上课、下课、吃饭和睡觉，我生活在被钟摆锁定的时间里。有时候回家，就把自己关在小屋里，长时间不开灯，任黑色把自己吞噬。然后在凌晨打开电脑，想起可以上网。在网上，我的名字是如风。注册过一个又一个的论坛和聊天室，从容地走过。如风，了无痕迹。

SAMMI，你什么时候才会回来？我好想你。每一个寂寞的子夜，我都泛起同样的想念。

我写的第七十九首诗是这样的：

月光犹如长舌的妇人 / 在星子的纠缠下 / 依旧喋喋不休 /
点燃通红的篝火 / 再打一盆清水 / 开始漂白陈年的往事 /
用旧诗词温一壶黄酒 / 宜兴的砂锅 / 盛得下四散的药材 /
当归朴素如初 / 黄芪娇憨可爱 /
健忘的记忆可以在残梦中苏醒 / 冬季里不会脾胃虚寒 /
再加一颗南国的红豆 / 再加一杯逝川的水 /
嫦娥泼我一身月光 / 也始终不发一言 /
温热凉寒 / 辛甘酸苦咸 /
四气五味 / 一碗氤氲雾气的制药 / 正好攻克经年的心病 /
诗歌到底是一味迷幻药 / 还是精神背后最大的谎言

我没有走出迷幻，也无法破译谎言，但是 SAMMI 告诉我，她要回来了。这个消息很重要，我似乎又看到了让自己快乐的理由。

穿上咖啡色的条纹西裤和白色的衬衫，我出现在机场的候机大厅。头上的大屏幕显示从香港过来的航班还需要10分钟，四周都是或告别或回归的人。旁边的座位上坐着一个穿黑衣的漂亮女孩，好像是电视台里著名的主持人，手里拿着一本书，毫无表情地翻着。远处有几个背着NIKE背包的少年，应该是结伴旅行。他们是幸福的，还没有到爱恨纠缠的年龄，不用去承受所有关于情感的负罪和煎熬。都在笑，我知道他们期待飞翔。

SAMMI终于出来了，仍然是黑色的衣裤，脚步很轻，像一个幽灵。我走过去，接过她绿色的皮箱，牵起她的手指。SAMMI说，飞机在天上的时候很颠，穿过了许多白色的云朵，感觉像在童话里流浪。我说，真想有一双翅膀，陪着你一路飞翔。回去的路上我们说了很多，可是没有谈到爱情。不过，握住她的手指的我的手，一直很用力。

SAMMI住在一个漂亮的小区里，有大片的草坪，满眼都是绿色。居住的房子并不很大，是小巧精致的三居，装修得像一个充满魔幻色彩的盒子。天花板和墙面上都有彩色的贴纸，地面上是水色的大理石。家具应该都来自宜家，混合着贵族的优雅和雅皮士的艺术气质。卧室里有一张很大的床，铺着白色的床单。床头上散放着几张SAMMI的照片，没有笑，看起来很冷漠。

我看着电视，吴宗宪用夸张的语言调侃着《流星花园》里演杉菜的那个女生。SAMMI 在洗澡，可以听到哗哗的流水声。客厅的灯光很暗，很多角落都充满着黑色的阴影。我有些恐惧，于是闭上眼睛。

我一直都是一个缺乏安全感的人，所以我固执地热爱着纯白色。白色让我觉得安全。

当我感觉到头发上有手指在抚摩，我知道是 SAMMI。睁开眼睛，发现她的头发还没有彻底干，带着些湿润，像在微雨中绽放的花。SAMMI 穿着浅粉色的睡衣，半透明的纱。我隐隐看见里面黑色的内衣，在昏昏的光里若隐若现。她的手指冰凉，从我的脖颈划过，向下，停在我的胸口。这时我转过身来，看见 SAMMI 诡异的眼神里，是暧昧的光芒。我把身体迎过去，缩短着我和她之间的距离。当我的唇十分接近她的嘴角时，我说："我爱你。"

那个夜晚，我没有回去。

我和 SAMMI 在缠绵的音乐中做爱，一次又一次。在彼此的起伏中，心跳很剧烈。开始我很紧张，只会简单地用力。SAMMI 给了我很多指引，我渐渐从容。在低沉的呻吟中，一种原始的快感布满了赤裸的身体。

我第一次进入了一个女人的身体，有淋漓的快乐。

现在的 SAMMI 是温柔的，安静地躺在我的胸口。“你的身上有淡淡的牛奶味道”，她告诉我。我用手寻找到 SAMMI 的手指，然后紧紧地扣住。“SAMMI，我想知道你眼睛里的我。” SAMMI 笑了一下：“你像一个从偶像剧里走出的男孩，生活在完美的想象里。很美，也很纯粹，但是有一点犹豫。”

SAMMI 的话刺入了我的灵魂，而真相又是什么？

坠落的快感

我开始用 KENZO 的香水，SAMMI 送我的礼物。淡绿色的锥形瓶，瓶身上绘着一片狭长的叶子。轻按浅黄色的瓶嘴，在耳后和手腕上喷少许，闻到素雅的香，像海风拂面，从心底感觉到清凉。

写字台的上边有两个木质的相框，一个里边插着张曼玉的照片。看着这个 37 岁的女人和她脸上一抹随意的微笑，可以不再惧怕时间的衰老。另一个里边是 SAMMI，站在繁华的街道中，迷离的眼神和无谓的表情，让人联想到生命的飘忽。SAMMI 是一个无法被定义的女人，只能用感觉去触碰。在所有的过程中，没有细节。

我写了这样的诗：

春天的深处 / 你乘一柄桃花 / 在水上逃亡 /
我在暗黑的马上 / 伸出手去 / 只触到一片叮咚响的月光 /
我用竹篮打水 / 反复地淘洗 /
你散落在案头的旧诗 / 借着微弱的灯盏复活 /
我把自己的身体 / 也悄悄地打开 / 然后看看内心 / 是否清白如初 /
乘一柄桃花 / 到相爱的深处 / 月色泱泱 / 你已在千里之外 /
而在清冷的水边 / 我慢慢浣洗往事 /
春天的爱情 / 只有过程 / 没有结果

窗外开始飘雨了。雨滴像碎落的珍珠，纷纷地降落，打在玻璃上，流下，滑出长长的轨迹。我想起丁丁哭泣的脸和不曾发生过的爱情。有雨的天空显得阴沉，还漫着雾。我开始忧郁。SAMMI 曾经说，掌纹是命运的手语。我看着自己的手掌，发现爱情线凌乱，纠缠成歪曲的线条。这难道就是我们都无力违抗的宿命？

丁丁毕业就走了，没有留在北京，而是选择了南方的一座城市。丁丁说，那里四季都是绿色，没有冬天就不会心碎。我的心蓦地疼了一下。她当时坐在女生宿舍楼顶的平台上，弹着吉他深情地唱歌，脸上挂着两行泪珠，声音嘶哑。我就站在楼下，静静地聆听，心里泛着忧伤，却再没有勇气给她一个拥抱。

丁丁在火车上给我打了最后一个电话。“如果还有来生，我希望我们可以相遇。因为今生的爱情，你要在下辈子还清。”我说不出任何话来。忘记我吧，把所有的悲伤、喜悦、关于爱情的纯真向往都化为灰烬。你不要带走，我也不再留下。像我的网名“如风”，走过，不留下声音。

回忆让我不快。

玛丽的电话总是忙线。唯一接通的一次，听见卡拉浑浊的声音：玛丽在卫生间，你一会再打。我说不用了，希望你们的爱情可以生根发芽、开花结果。挂断。

生命是不是一个虚空的过程呢？

打起一把红色的伞，从雨水中经过。SAMMI，你知道我把一切都丢了，只有你。

马路上很安静，可以听见远处饭店里的音乐，一个男歌手沙哑的声音：“无所谓，谁会爱上谁？无所谓，谁为谁憔悴？有过的幸福，是短暂的美，而幸福过后，又回来受罪……”

所有的发生都会成为流转的往事，最后一切成空。

SAMMI 家的灯亮着，熟悉的昏黄色。我轻轻地敲门和等待。想象

SAMMI 会给我一个拥抱，或是会让我亲吻她冰凉的嘴角。门开了，一张陌生的面孔，是那样英俊的脸，五官端正，棱角分明。他的衬衫的扣子显然还没有系好，露着结实的胸膛。“SAMMI 没有回来”，他说话的时候，我听见里边蠕动的脚步声。我说，那就不进去了。我的声音里有一种绝望。我把手里渗着雨水的 11 朵玫瑰从中间折断，花瓣碎了一地。请把这个交给她。转身的刹那，我听见了爱情落地的声音。

几乎是丧失理智地在城市中奔跑，雨水无情地把我的头发和衣服打湿。明明灭灭的霓虹灯错落地闪烁，像是一双双嘲笑我的眼睛。我感到委屈，我感到麻木，我感到自己快要失去所有的知觉。SAMMI 的 M6 从后边跟来，追随在我的身边，走走停停。我冲着她大喊：“SAMMI 你走吧。我恨你。我现在需要沉沦，我现在需要坠落的快感。”我的脸上都是与眼泪混合的雨水，我的声音和表情出离了愤怒。眼前发黑的时候，我知道自己没有了力气。

我看见 SAMMI 从车里走出来，抱住我。

我是那么的柔软，像一团被抛弃的棉花。

黎明没有眼泪

天还没有亮，我就醒了。发现自己躺在 SAMMI 的床上，四周一片寂静。把灯点着，赤脚踩在地板上，脚趾冰凉。SAMMI 不在，客厅里的餐桌上放着水果和面包。半杯牛奶，还有残留的温度，SAMMI 应该走了不久。

牛奶的旁边是一封信，我把它打开。

夏逸：

这并不是意外。也许你并不需要我的解释，所以，我也不想再徒劳地多说些什么。就让一切都印在我们的心里，成为一个永久的谜吧。

很喜欢电影《花样年华》里结尾的镜头：梁朝伟对着古老砖墙上的一个洞大声地说着什么，然后用泥巴牢牢地把洞口糊住。里面封存的是什么？我们不知道。而他又是否能真的从心底遗忘？我们也不知道。随着岁月一起斑驳的，是对爱情最初的憧憬。

你昨晚睡得很沉，笑容无奈，显得楚楚可怜。没有帮你擦掉脸上哭泣过的痕迹，因为我喜欢看你纯净的泪滴。我的眼睛距离你的眼泪很近，一直到它被风干。然后交换成我的泪水，落在你的身上，一滴又一滴，又再被风干。

我说过，你还是个孩子，有些事情你不懂，又有些事情需要承受。生活里未知的苦难还会有更多，我希望你能够学会坚强。

我想我知道你疯狂地迷恋我身上的气息，静如处子的你只有在亲近我的时候才会表现出一种异样的贪婪。我们在爱里死去，我们又在爱里复活。每一次都是结束，每一次又都是开始。当我阅读你认真的表情，负罪的感觉越来越浓。如同一场悲剧的爱情电影，我猜我们也走不出注定的结局。

到了我这个年龄，爱情一如白开水，已经失去了青涩甘甜的味道。男人和女人，你来我往，不过是一种真实的谎言，交换的是利益，运行的是游戏。我曾经说过我渴望回到从前，可是现实已让我无从选择。我不值得你爱。我害怕面对的总是自己。

一直以来都是你写诗，我看。今天，我也写一首，你看。

漂泊在秋水的纹路之上 /
漂泊在青草的露水之上 /
我小小的家 / 四尺见方 / 盛满温暖 /
青鸟和水妖遗留在 / 春天的深处 / 笑容在水边零落成泥 /
风说逝去吧 / 往事就只留下伤心 /
这是秋天的某日 / 我躺在绿色的森林里 / 等着果实降落 /
整个秋天 / 我就是这样 /
其实人生就只有三天 /
一天用来等待 / 一天用来相遇 / 一天用来死亡

这会是我唯一的诗，以后我不会再写。

你全部的诗我都保存在电脑里，做成电子书，交给了出版社。所有的制作费用我已经支付，作者用了你的网名：如风。一个月之后就可以面世了。没有给你留下什么，就把它作为送你的礼物吧。

天就要亮了，会是黎明。曙光出现的地方，爱情可以重新燃烧。你曾经说我是一块坚硬的冰。而冰的生存，需要在零度以下。我只能陪你走到这里，希望你醒来的时候，不会再有眼泪。

握着手里的信，失落侵袭着我。我的身体有些发抖。爱上一个寂寞独行的灵魂，却没有走穿通往她心灵的桥梁。站在距离地面几十米高的阳台上，我仍然够不到头顶金色的阳光。我感觉到悲哀。爱情的沦丧让我在这一刻变得清醒。我把信撕碎，撒向空中，纷纷扬扬的，是一场落幕的爱情雪。

转身离开的瞬间，我回头看了一眼这个充满了 SAMMI 无声呼吸的房间，我知道自己不会再来了。

ENDING

一个月后，在校园的书店，我看到了署名为“如风”的诗集。深蓝色的封面，上边有一支绽放的白玫瑰。幽雅的底色衬着艳丽的图案，中和出一股奇异的味道。一个扎着辫子的女生走过，把它拿起，翻动着，最后买下。我静静地看着她，她有温润的眼睛和神情。

宛若丁丁。

忠于寂寞

风起的时候，缘分开始生长

我是个相信缘分的人。

在我 26 岁的时候，我仍是一个人孤单地穿梭在城市的阴影当中。像一条潜伏在深海中的鱼，在寂静里细数着自己的落寞。总是在这样的夜里，我抱紧一杯咖啡，站在夜风如水的阳台上，看着城市的灯火在眼中灿烂着。可就在一转身的刹那，感觉到心里的塌陷。张爱玲用一场战争成全了一段爱情。而我呢，我该用什么来圆满我的倾城之恋?

躺在天蓝色的丝绒被里，我无法入睡。心里有个影子，紧紧地贴在胸口。他离我是那样近，仿佛能闻到他呼吸里的柠檬清香。但我看不清他的样子，他只是一个模糊的阴影，压迫得我几近窒息。我夜夜沉溺在这种幻觉当中。我轻轻地唤他“朝歌”。一个烙在皮肤上的印记。

没有人知道我的故事的起因和结束，就像每个人都无法预知生命的开始和终止。我们只能盲目地往前走，一直走到世界的尽头。在我的生活里，除了固定的让我生存下去的文字外，便是这些让我感到温暖而绝望的故事。我靠它取暖，在寒冷的夜里生出明亮的火光。

朝歌是我爱的男子。我这样的写他。他在我的生命里出现又消失。我不记得他的容颜，只在记忆中留下了他的气味。所以，我爱惜他，爱他在时光的轮回中划下的一道美丽而又耀眼的弧线。

我是一个长发女子。每天我都在忘情河边，用前尘山流下的雪水洗头。雪水很冰很凉，透着一丝幽蓝色。当我低下头去，看到倒影中的自己：失去了欢颜的脸，形同蜡像。

我是第七个被流放到这里的嫔妃，而前六个都在孤寂中郁郁而终。在这幽深的无念谷里，只有我一个人。离开了喧闹繁华的皇宫，所有的奢华都离我而去，陪伴着我的只是那无边无际的寂寞。但我从来没有后悔过，亦从没有放弃过心中的希望，我知道终于会有一天，朝歌会骑着他那匹战马，从夕阳深处向我疾驰而来，带着他的笑容和温暖的气息靠近。

我始终记得那样一个早晨。朝歌骑着一匹骏马从我的身边走过，微风将他的战袍吹舞起来，俊朗的面孔在淡红的晨光里无比英气。我低下头去，似乎闻到了空气中的树叶清香。这是一支去西征的军队，浩浩荡荡，雄姿威武。

我仰起头，四月的阳光正好落在我的眼上，让我有微微的眩晕。四周的景物开始旋转下坠，一抹血红色在我的眼底逐渐洇散，我的身子此刻轻似一片树叶，随风飘舞起来。我知道那种迷幻的感觉又回到了我的身体里，占据了我的思维。那个胡子雪白的中医说过，我如果能遇到生命里的药引，或许病就能医好了。但是在我 18 年的生命里，面对的只是屋前的小河和四季不断交替的田野。那个命定的药引始终都不曾来到。但坐在明亮温和的阳光里，我心里仍是一片澄静。我知道宿命早已在我的眼前投下了一束光，只要顺着它走下去，就会到达幸福的神殿。

当我再次睁开眼睛的时候，首先感觉到的是一双有力的臂膀紧紧地抱着我。在有节奏的颠簸和呼呼的风声中，我的意识逐渐清醒。抬起头，看到了那张英俊的脸孔，温热的汗珠顺着他的脖颈滴落在我的额头上。我闭上眼睛，任那种飞跃的感觉带着我到云的深处。

躺在薄纱层叠的床上，我听到了他和老中医的谈话。“大夫，她得的是什么病啊？”“此病很怪，常会晕厥，须求得一方药引方能治愈。”我再一次听到了他急切的声音：“大夫，需要何种药引，我即刻帮你取来。”大夫摇头轻叹：“此药引为一男子胸口热血，配合八种草药，研磨成粉制丸而成。并配以情人泪服下，方可治愈。只是这段尘缘是可遇不可求啊。”接下来的是一片寂静，窗外的风中有树叶沙沙的响声。

房间里此刻只剩下我们两个人。他坐在我的床边，用手托起我的头。

我感觉到他温热的掌心，宽厚而有力。他俯在我的耳边轻声地问我：“你叫什么名字？”“薄以。”我微微地抬起下颌，看到他的眼睛逐渐地泪光闪烁。“薄以，等我回来。等我凯旋之日，便要医治好你的病。你要相信我。”他的语调因为激动而显得急切起来。那种眩晕的感觉又一次来到，在逐渐迷失的意识里我留给了他最后的一抹微笑；而恍惚之中，我亦听到一个浑厚的声音在不停地呼唤着我：“薄以，我是朝歌，你一定要记得我。”

走在晨曦微明的街道上，我的心情如水般平静。朝歌的影子一直在我的眼前，不曾远去。在车水马龙的十字路口，我仿佛能听见马蹄踏踏的声音，朝歌在天的深处疾驰而来，战袍在风中猎猎作响。

碧海蓝天，能听见寂静

这是十二月的天气，寒风凛冽。路声嘈杂，隐约能听见音像店里的歌声，*Eyes on me*。我喜欢的歌，心里有无限快意。

年生是个看上去干净无比的男子，有整齐的短发，妥帖的衬衫。看人的时候，眼神清澈透明，仿如孩童。

两个小时前，他打电话给我，约我喝茶，顺便谈谈我出书的事宜。我们是认识不久的朋友，在一个 BBS 上从陌路到熟悉。我不停地写，然后在屏幕后静观无语。他是个从头至尾始终回复的人，认真且仔细。其实我在那个 BBS 里并不是个很受欢迎的女子。我的文字冰冷生硬，常常牵扯到生死及无常。情绪激动的时候，我会发一些杂乱的意象，关于一个喜欢飞行的女子尝试从高楼下坠的幻觉，一次又一次，终于完成了生命的终结。但我说，她获得了快乐，当梦想成真时。除却那个伏在地上血迹模糊的躯体，她的灵魂早已在天地间自由飞翔。

对他印象深刻的是在一篇关于宿命的文章里，他的回复，似在倾诉，又像独语："走在人群拥挤的街道，有个女子迎面走来，似有恍惚，仿佛有手在牵引着我，向她靠近。我没有看清她的面容，只是她的气息令人沉醉。即使是黄粱一梦，也心甘情愿。只可惜，真的只是一场梦，我始终都是如此清醒，近乎决裂。"我突然觉得他是个有趣味的人。

答应和他见面，是因为他的朋友在出版社，我出书他可以帮忙。而他自己却是一个标准的白领，在银行里过着朝九晚五的生活。这样断断续续地交往了一段时间。在聊天室里对话，互发帖子，用短信联系。我想他已经把我当成朋友。而对我来说，网络间的交往更接近于我的处世方式。进退自若，悠游自在。

见面之前，我们没有互发照片。但一推门，我就知道那个坐在临窗座位上端着咖啡杯的人是他。年生盯着我看了足足有几分钟，然后才笑着说话："你好像不像你。如果在某个商场里遇见，我只会当你是个出来闲逛的女学生。有天真的表情。”我微笑。的确，蓝得发白的牛仔裤，加上米黄色线衫、白色羽绒外套，活脱一个从学校里翻墙出来的逃课学生。

年生和我好像都是疏于言语的人。很长一段时间里，我们都是侧过脸来看着窗外。咖啡厅里有优雅的钢琴声，是《我将永远爱你》的改编曲。年生轻轻地搅动着手里的小勺，抬头看我。他说我在某些地方和他的女友相似，声音怯怯的，如同孩子。我笑笑，任他继续说下去。

那个女孩也有着浓密如海藻般的长发，笑容甜美。每个周末，都会一起乘车去海边，听听浪涛声。坐在岩石上，神情肃穆，感受灵魂的澄静。只是后来，她患癌而去。言到深处，不能自已。遂去洗手间，捧冷水洗脸。我静静地看他走过来，脸上的水迹未干，神情凄然。他拿出皮夹，给我看女孩的照片。可能是时间太久的缘故，经过无数次的手掌抚摸，照片已有些模糊，但仍能辨别出女孩的容颜。很多的往事总是这样的记忆深刻，不论过去了多少年，展现出来的仍是一幅美丽的画卷。我饮尽了杯里的水，看着阳光透过玻璃窗照在桌子上，突然之间，心里感到柔软。

偶尔，会在深夜接到年生的电话。有时像个孩子似的喋喋不休，有时却又沉默不语。我知道他一定又是应酬回来，身心疲惫。酒精在体内不断升腾，脆弱突兀而生。我在话筒边静静地听着，然后催他去泡杯热茶，盖好被子睡觉。电话常常会在对峙般的沉默中断掉，只留下嘟嘟的声音，就像是一场战争中落荒的对手，突然地逃离，没有余地。

但大部分时间里，他是个干净不落拓的人。一起吃过几次饭，他的举止得体，温文尔雅，很符合我的审美观。没有过多的纠缠，告别之后各自归去。我喜欢他没有太多好奇的打探，把彼此当作谈话的朋友，与生活无关。

周末，年生打电话约我一起去看海。我说，你在车站等我吧。

这个季节去海边的人不多，车子很空。在汽车有规律的颠簸中，渐有睡意。年生端坐在那里，目视前方，然后把手绕过我的肩。我就这样靠在他的手臂上，一直睡到了终点。中途做了一个梦，看到一面湖水，蓝到极致，赤足在冰冷的水中，听到风呼啸过后寂寞的声音。睁开眼，看到年生的脖颈，仿佛多年前看过的一块白玉，让人心生暖意。无言地跟在他的身后，走下车去。

让我们一起坠落

当四周沉静下来的时候，我又坐在电脑前，写着这个故事。敲打键盘的清脆声响，仿佛从流逝的那段光阴里传来的字字唇音，一下一下地，摁在心上。

朝歌走后的无数个日夜，我总是这样站在初识的那个路口，向西眺望。从春到秋，从冬到夏。大风把我的裙摆和头发吹起，思念就像三月的杨花将我淹没。

我一次又一次地在眩晕中看到朝歌的脸。他伸出修长而有力的手臂，将我紧紧抱住，汗水滴落下来，黏稠温暖的气息顷刻间将我包围。我睁开眼，看到挂在天边的那一抹红霞，正在以一种无可察觉的速度逐渐消失。我一遍又一遍地向远方呼唤："朝歌，你回来了吗？"

这一年的春天，所有的桃花都开了，我也被选秀送进了皇宫。站在一群拥挤着的女孩中间，我的泪止不住地滴落下来，砸在地上散成了六瓣花。在渐行渐远的脚步里，我仍不停地向西眺望，我期望在天的尽头，朝歌骑着那匹战马踏着尘烟而来。可是在一次次的回眸中，无情的漩涡又一次将我吞没。在我失去知觉的一刹那，我亦听到了一个熟悉无比的声音，他是那样真实地靠近我，对着我说："薄以，我是朝歌。"

我醒来的时候，睡在柔软温暖的丝被里，四周很亮，但我很陌生。我欠起身来，立即有宫女过来扶着我，给我端来汤药，喂我服下。望着雕龙画凤的壁廊，我知道自己身在皇宫之中。

门外一阵杂沓的脚步声，所有人均纷纷跪倒，我挣扎着从床上爬起，面对君王我心有惧意。皇帝长得白皙清瘦，额头的皱纹密密的，像被团过的纸。他急急地走过来，轻轻将我按在床上，口中念道："免礼，免礼。"并吩咐左右的宫女要好生侍候着。等我养好病，他要立我为妃，隆重迎娶我。

我黯然，不吃亦不喝。皇帝差人来看我，问我为何，是否是想念亲人朋友。我一直摇头，泪水止不住地往下流。我知道，从踏进皇宫的那一刻起，我与朝歌从此生死两茫茫，再也无从相见了。

西征的军队大获全胜，朝歌也带着一身疲惫回到了京城。在我昏迷的时候，皇帝也知道了那个我口中不停念叨的名字，亦是西征大将军朝歌。我默默抵抗的理由，竟是他卑微的臣子。顿时，龙颜大怒，将朝歌急召上朝，他要让我看看朝歌会怎样地让我死心。

可是他错了。朝歌见到我的那一刻，他身上所有的疲惫和困乏都瞬间散去，脸上亦流露出了无限柔情，他看着我大声地喊："薄以，我是朝歌，我回来了。"旋即，向皇帝跪倒，拱手道："皇上，臣恳求将薄以赐予我为妻，因我俩已订相守之誓，至死不渝。"

皇帝的脸色变得更为阴郁，鼻腔里发出哼哼声，手指朝歌怒斥道："你这个不忠逆臣，竟敢觊觎皇妃。朕念你杀敌有功，免去你满门抄斩之罪，但你必须以死补过。来人啊，赐他一碗送行酒。"

我没有想到，朝歌，这个我爱的男子，这个驰马厮杀于战场上的堂堂七尺男儿，竟然会滴落下泪来。我远远地看着他，他亦在看着我。我们的双手都被侍卫死死地攥住，但是视线此刻已幻化成了一架桥，我们在桥上相拥栖息。

朝歌仰头将手中的酒一饮而尽，并缓缓地解开了胸前的衣扣。他望着手中那把与他征战多年的宝剑，长叹一声，然后向着皇帝深深地叩首道："今日，君要臣死，臣不得不死。只是臣在临死前有一事恳求皇上。希望不要再为难薄以，让她去过一段平淡的生活吧。"言毕，将宝剑一扬，向胸口刺下，鲜血就这样喷涌而出，洒落在胸前的衣襟上，洒在了他面前的碗里。我不顾一切地挣脱开侍卫的手，向着朝歌奔去。在呼呼的风声里，心似被撕开般疼痛。我不停地呼唤着他的名字："朝歌，朝歌。"手掌也在一次次的跌倒中鲜血淋淋。

我抱着朝歌的身体，手心里仍有他的余温，可是英俊的容颜已不再了，那洞悉一切的眼睛失去了光华，沉沉闭上。我没有失声痛哭，只是靠在他的脸上，与他十指相绕。这样的姿势，就像是多年前的那个清晨，朝歌抱着我，在黄沙四起的大道上，向前奔跑。我的长发倾泻下来，和他战袍上的流苏一起飘舞，慢慢地模糊了视线。

我没有追随朝歌而去，他用他的生命作为药引，医治好了我经年未愈的病。他说过，他要我好好地活下去，这是他的心愿，我要帮他完成。

而每当在树叶飘香的清晨，我就着忘情河的雪水洗头的时候，常常会产生这样的幻觉。朝歌他似乎就在我的身边，没有离去。他站在河的对岸，牵着那匹枣红色的骏马，微笑着对我说："薄以，我是朝歌，你要记得我。"

花很香，茶水很淡

平安夜，年生第一次送我花。洁白长茎的马蹄莲，是我的最爱。捧在手里，犹如怀抱初生的婴孩，让人心生怜惜。

一路这样地走，年生似有话说，但始终沉默。很多年轻的孩子欢快地跑过，脸上有青春的甜蜜气息，手里的烟花棒在空中飞舞，犹如蝴蝶。

我转过头看他："去教堂吧。"年生点头应允。

教堂建在小巷的深处，黑暗中望去，仿若幽深古堡，靠近的瞬间感觉到心里的静默。年生牵起我的手。他的手指修长，骨节突出，是一个干净淡定的人。但是内心的潮涌有时却能在片刻将人淹没。我们这样牵着手，在黑暗中默语前行。

唱诗班的孩子们在高声吟诵着圣经，让人恍若置身天堂，心里无限澄明。与年生肩并肩地坐在教堂外的台阶上，突然想到宿命。眼前这个呼吸中带有柠檬清香的男子，或许是命定的一个路口，可以停留。但太过平静，又似幻觉。抬头看夜幕中的繁星，星星点点，泪珠般地悬挂在时空的另一端，天空发白后，万物又将隐匿。这样不断地交替，此起彼伏，仿似轮回。

午夜零点时分，透过高高低低的屋顶，无数烟火缤纷绽放。火光明灭的间隙，看到年生的眼睛，泪光闪烁。我们就这样坐在空旷的风声里，被心里的寂寞和渴望淹没。一个时常感动的温良男子，或许是这个世界留给我探求温暖的唯一线索。

年生带我回家，心意明了。

这是个环境优美的生活小区，树木茂盛，空气中有叶子的清香。年生将我的手紧紧地抓在手里，笑容温婉。天色转暗，路灯逐一亮起，似乎闻到空气中饭菜的香味。我们侧头对视，发出了孩子般的清脆笑声。

坐在年生家的饭厅里，我有明显的不适。年生的母亲表情严肃，她已经不止一次地询问过我的家庭以及我的工作。我是个很怕质问的人，面对这张陌生的脸，心生离意。年生坐在旁边一言不发，低头吃菜。我知道他性格中的弱点，太过温良，以至于在很多情况下都不知所措。就这样对峙着，直到心情黯然。大家都沉默，中途年生帮我盛过一碗汤，然后被母亲叫到厨房里低声地说话，我能感觉到其中的不快，似乎我的出现对于他们是一种惊扰。

走到阳台上，看到天空一片蔚蓝。喝尽了杯中的茶水，很香也很淡。年生站在身后，长时间地沉默。我转过身看他，他眼睛里有愧意，嘴唇轻微地抖动，但始终没有说出来。我伸出手去，摸了摸他的脖颈，那里温暖无比，像是一片盛开的花丛。然后，微笑着对他说："年生，再见。"打开门，走向那条夜色中的幽深小路。

黑暗中，年生的号码在手机屏幕上不断闪烁，我使劲地看着，然后流下泪来。

忘了忘记

不能够忘记爱情忘记伴侣忘了孤寂
也至少忘记当初为何在一起
到最后忘记眼神忘记脸庞忘记身体
怕只怕我们忘了决心忘记
不能够忘记爱情忘记伴侣忘了孤寂
就试着忘记什么叫作回忆
到最后忘记呼吸忘记心跳忘了自己
爱过谁的心又有什么关系

——周传雄《忘记》

1

何让颜默默地站在窗帘前吸烟。缭绕的烟雾中，他的身影在葛同欢的眼里，似一幅虚无缥缈的画，真实而又模糊。葛同欢很想冲过去，从后面紧紧地抱住他。就像7年前的那个夜晚，她小猫一般地蜷缩在让颜的怀里，任凭狂风暴雨的吹打，让颜一路狂奔着把她送到医院。可是，那一切都已走远，现在的让颜再也不是当初那个让她有安全感的人了。

十几分钟前，让颜去机场把同欢接了回来。或许是一个多月的分离，一路上，同欢显得异常兴奋。一边不停地说着在海南的所见所闻，一边从手提袋里拿出给让颜买的礼物，问他喜欢不喜欢。不时地，还从座位上探过身去亲吻着让颜的脸颊。在飞机上，葛同欢就一直在想，以后有这样长时间的出差机会，再也不主动要求了。这短短的 30 天里，对让颜的想念似乎都要把她的心给捏碎了。在机场出口处，当她看到让颜挺拔的身影在视线里出现时，泪水就这样不可抑制地涌了出来。这个曾对她说过要一辈子爱她的男人，是她生活中最温暖的抚慰。

让颜仍是一贯的冷静、沉稳，只是脸上的笑容显得有点僵硬，额前的头发软软地耷拉下来。状态似乎不是很好。同欢很怜惜地看着他，心想，他原来比我更憔悴，不禁低头一笑，接下来的几天休息日里，一定要多煲点汤，好好地补偿他一下。

事情并非如同欢所想的一样。回到住处，让颜并没像以往那样与她来一段温存；而是一声不吭地坐在沙发里抽烟，而且不是一贯优雅的姿势，是那种低着头狠命地吸着，似乎有什么天塌下来的事情。同欢手里的动作立刻停止，样式别致的领带滑落在了地上。她是个聪慧的女子，不需要非得逼到悬崖边才会顿悟。她缓缓地走过来，坐在让颜的对面。就这样沉默地对峙。同欢冷静下来，比任何人都具有杀伤力。

让颜抬起头来，眼里布满了愧疚。可是话语仍如他往常一样，言简意赅。“同欢，是我负了你。待会儿，我就会收拾东西搬出去。这房子留给你，房产证已经过户到你的名上。我说过要给你温暖的家，现在我食言了，但我还是想这个家能带给你温暖。”同欢的心像被拳头猛击了一下，疼痛无以复加。可眼里仍是干净一片。再汹涌的情绪，她也能将它压制住。她曾经和洛洛说过：“再也不会有人让我掉眼泪了，除了让颜。而我知道让颜不会的，他是那么疼爱我。”而此时此地，这个对她疼爱有加的男人，让她的心里蓄满了泪水，只要打开一个小小缺口就能倾泻而出。

同欢冷冷地问：“是谁？多长时间了？”让颜低着头说出了一个令她诧异的名字。“是莫若月，她刚回国不到一个月。”葛同欢的头“嗡”地一声响，热血直往头顶冲。怎么会是她呢！命运真是好开玩笑，她，葛同欢最终还是输给了莫若月。这似乎是冥冥中的事情。

2

同欢靠在冰冷的墙壁上，眼前浮现的是莫若月那张精致的脸。时光就这样回到了很多年前的那个午后，她表情复杂地站在同欢的面前，一字一句地说着：“葛同欢，我是不会输给你的。如果不是当初我的暂时离开，也不会有你们的今天。我爱让颜，不管过去多少年，我依然会让他回到我身边的。你要记住。”随后，她转过头去，消失在校园的尽头。就是那个七月的午后，让同欢有了一丝不祥的预感。

葛同欢、何让颜和莫若月是同一年考取这所一流大学的。葛同欢和莫若月是经济系的，而何让颜是法律系的。在所有的事情没有发生前，谁也没有料到他们之间会有如此多的纠葛。无须多言，她们三人的出现吸引了多少男生女生的眼球。或许是巧合，葛同欢和莫若月分在了同一个寝室，虽然性格上一个爱动一个爱静，但这并不妨碍她俩成为最好的朋友。

若月性格开朗、容貌艳丽，看人时的眼神直接而锐利，是个美丽而骄傲的女孩。或许在她的世界里，永远不会有失败和挫折。莫若月和何让颜是在学校组织的一场辩论赛上相识的。在这场比赛中，他们双方是最后进入决赛的对手，且都是各自队中的主辩。在自由辩论中，何让颜的出色发挥，霎时征服了莫若月。短短的几十分钟里，若月不但输了比赛，还输了自己的心。

莫若月是个不懂掩饰自己感情的人，自从对何让颜一见倾心后，她便展开了爱情攻势。可是让颜是一个沉默的、稍稍有些自闭的男孩，一头飘逸的长发，使他在阴影里的表情显得有些忧郁。对于若月的热情和暧昧，他都是一种无动于衷的表情，没有接受也没有拒绝。可就是这种若即若离，让莫若月心醉神迷。越是难以得到的东西，越让她有莫名的激动。常常在晚上的时候，在淡黄的灯光下看到他独自一人在篮球场上打球，同欢的心都会有种轻微的疼痛，不知道是被他孤独的姿势打动，还是因为心里深藏的忧伤。而每次若月在她面前提起这些时，她都会淡然一笑。在她的意识深处，她似乎从来都没有想过自己要和这个人发生些什么。

周末的晚上，莫若月约何让颜在肯德基餐厅见面。作为好朋友，若月当然拉上同欢前往，再说葛同欢和何让颜在校刊里共事，也算是比较熟悉。而对同欢来讲，这个帅气、有点酷的男生，也只是公务性地和自己说过几句话，最多只能算是认识。可是在偶然的目光对视中，却还是会有一种奇怪的感觉在心里蔓延。

餐厅的灯光很亮，让颜的头低垂着，似是被灯光灼伤了眼睛。若月开心地笑着，不停地说话。同欢知道今晚的约会对于若月来讲，是一个不错的开始。让颜偶尔会抬头一笑，眼睛大而明亮，眨动的瞬间似有泪光闪烁。同欢就这样直直地看着他，脑海里浮现的是他写过的文字。

“一直以来会觉得自己不幸福。这是心里很幽远的声音，像是一辆夜行的车，昏黄的车灯照耀的前方，永远无尽的黑暗。有时候，我是离孤独很近的人。印象最深的是，很小的时候，站在寒风凛冽的巷口，等晚归的父亲。四周很静，偶尔传来狗吠声。那样小的孩子，双手插在口袋里，脸上有不屑的表情。看到父亲的身影，轻轻地叫上一声，然后只是默默地跟在他的后面。没有拥抱，没有亲吻。这样隐忍的两个人。”有时候，同欢读着读着，心就跟着开始沦陷。

他们三人逐渐成了朋友。虽然有时他们就只是这样呆呆地坐在操场的草地上淋着阳光，什么都不说，但似乎这样的时光对于他们而言，却是那样的知足。

若月在同欢的面前，从来不掩饰自己对让颜的感情，并随着他的一举一动时悲时喜。在若月的心里，同欢似是一面镜子，在她那里能够看到自己在爱情里的全部表演，不管结果如何，那应是内心里的最后一道防线，温暖且安全。

在那一年的冬天，同欢与一个中文系的男生牵上了手。在被那个男生拥入怀中的一刹那，眼前飘过的竟是让颜忧郁的眼神，在定定地看着她，眼里满含着无尽伤感。这一刻，同欢竟泪盈于睫，涌上心头的不知道是幸福还是酸楚。而让颜也突然答应了若月的要求，成为她的男友。偶然相聚，萦绕在三人间的是一种说不清的氛围。他们似乎都感觉有些不对劲，但都找不到是哪里出了错。

3

同欢倒在沙发里，呼吸里似乎还有让颜的气息，可是伸手之处，却是虚空一片。让颜已经离开，带着曾经的幸福风一般地消失了，如同幻觉。可是同欢分明在让颜转身的瞬间，还是察觉到了他眼里的不舍。这种瞬息的感觉，同欢总能抓住，无须多言，只因彼此心有灵犀。

酒吧里很嘈杂，人们像鱼一样地在身边穿梭。同欢瘫坐在吧台上，连酒杯都拿不稳。音乐很吵，但是同欢耳边响起的却是让颜哀伤的请求：“同欢，你原谅我吧。同欢，你原谅我吧。”一遍一遍，直至无声。天旋地转，让颜的脸在同欢的眼前逐渐模糊、扭曲、变形，像是一幅油彩浓重的画。同欢突然涌起一丝厌恶，这个说爱她、永不变心的男人，还是背弃了自己的诺言，追随别人而去。她将手里的酒杯狠狠地掷了出去，一声尖锐的破碎声，但很快被喧嚣的音乐掩盖。同欢仰起满是泪水的脸，对着空气一字一句地说：“何——让——颜——我——恨——你。”

洛洛一把推开酒吧的大门，眼睛在人群里搜寻，很快便发现了神志恍惚的同欢。她冲过去，捡好同欢身边散落的衣服和皮包，半扶半拖地把她拽出了酒吧。同欢趴在洛洛的肩头，一副痴嗔的表情，嘴里喃喃地说着：“不要拉我，再……再给我一杯酒。”街道空旷，同欢蹲在墙角呕吐，大风卷起了她的长发，飞舞的发丝在霓虹灯里显得如此落寞。洛洛的眼里一片泪光，劈手给了同欢一巴掌，紧拉着她的衣领，在她的耳边恶狠狠地说着：“葛同欢，你清醒一点好不好。何让颜现在不爱你了，即使你把自己喝死，他也不会回来的。你知不知道，这个世界除了他，还有很多人值得你去珍惜。”

半夜里，同欢从宿醉里清醒过来，赤着脚去厨房里倒水喝。昏暗的灯光里，看见洛洛侧躺在沙发里睡得很熟。她的心一紧，靠在墙上自顾自地泪流满面，手里的杯子掉在地上摔得粉碎。洛洛猛然惊醒，看着阴影里的同欢大声叫着：“同欢，你没事吧。”同欢无言，走过来紧紧地搂着洛洛。此刻，她在心里对自己说，何让颜，我要忘记你。

夜色清冷，洛洛和同欢站在阳台上抽烟。城市一片寂静，如婴儿般纯真，似乎一切悲伤和苦痛都已消失不见。洛洛背靠在阳台上说：“你明天还是不要去上班了，我帮你请假。感情这东西，不要太牵挂，很快就能忘掉的。我离婚也有一年了吧，对我来说，我早已把那段时间从记忆里删除了。”她伸手摸了摸同欢的脸，眼神坚定。同欢笑笑，她就喜欢洛洛这种无所畏惧的样子。手扶着栏杆，同欢试着深呼吸，冰冷的空气如同手一般地抚摸着空洞的心脏，好像有些事情真的变淡了许多。

同欢转过头去，拉起洛洛的手说：“走，我们去做一个好梦。”

4

没过多久，葛同欢就与那个中文系的男孩分手了，毕竟她骗不了自己。坐在阳光灿烂的操场上，同欢会想，或许是自己的勇敢退出，才成全了三人之间的感情吧。只要让颜和若月能够幸福，这又算得了什么呢。虽然自己是如此喜欢让颜，但是，一切似乎命中注定的事情，容不得有半点遐想。

让颜变得更加沉默了，烟也抽得很多。若月虽察觉到了这些，但依然沉浸在幸福之中，全当作他的性格所致。偶尔在教学楼的拐角相遇，让颜与同欢也只是一言不发。在双方的视线碰撞的一刹那，时间似乎都停滞不前。而后，让颜便匆匆与同欢擦肩而过。

一场意外，让颜在上体育课的时候从双杠上摔了下来，脚踝粉碎性骨折，结结实实地要在医院里躺上几个月。住院的费用可不是一笔小数目，这对于让颜来说真是个棘手的问题。同欢知道让颜的家境，父亲早逝，他与母亲相依为命。母亲前几年下岗，在一家家政公司打工，每月的工资也只能勉强维持生计。让颜在学校里努力学习，年年拿奖学金，也只想能减轻一点母亲的负担。可现在，他不想告诉母亲，他不想为这个本来就窘迫的家庭再带来什么压力。同欢很想帮让颜，但自己的条件也非常有限。虽然她知道若月家境殷实，但一直以来让颜都非常抵制若月在生活上的帮助，他的自尊不允许他这么做。

但最终，还是若月悄悄地把这笔钱给垫上了。作为女友，她认为她这样做是无可厚非的。一次，同欢去医院探望时，还是看到了让颜和若月在激烈地争吵。若月坐在床边抽泣，一边用手拭去泪水，一边大声地对让颜说：“我知道你从来就没有喜欢过我，从来不在意我对你的感受。我是你的女朋友，我帮你那是我心甘情愿的事情。就算你清高，但也不要一次接一次地伤害我。好啊，你说你要把钱还我，那我就等着你来偿还。你要知道，感情是一辈子也还不清的。”让颜躺在床上一言不发，头发遮住了脸，看不清一丝表情来。

恋人的争吵就是如此，很快，他们又和好如初。若月又恢复了以往的甜蜜。虽然让颜仍是那样的沉默，但情绪似乎平和了许多。

突然有一天，若月气喘吁吁地找到同欢，脸色苍白。同欢隐隐感觉到有什么大事发生。若月紧紧地抓住同欢的手，十指用力。同欢能感觉到她的颤抖。她说："同欢，我家里现在发生了一些变故，我现在必须回去一趟。让颜那边我没办法和他打招呼，请你帮我告诉他一声。"末了，若月跑出很远，还回头来远远地说："同欢，你和让颜说，不管发生什么，都要等我回来。你一定要告诉他啊。还有，你帮我好好照顾他。答应我，好吗？"同欢站在原地，使劲地点头，眼里噙满了泪水。

后来，同欢终于知道若月那天匆忙之间的离去，是因为她家庭发生了重大变故。她父亲突然辞世，留下了大笔遗产等待她去继承。还有整个公司的运转，都需要制订一个新的计划。这些都要她柔弱的肩膀来承担。这对于年轻的若月来说，无异于上天突然强加给她的沉重枷锁。

就如一个角色，同欢就这样轻易地取代了若月。很久都没有了若月的消息，同欢的心里有点空空的。而她也履行着自己的诺言，担负起照顾让颜的责任。

有了同欢的陪伴，让颜似乎快乐了许多，话也多了起来。在多数时间里，他们就这样，一个坐在床边，一个靠在床头，各自诉说着自己的往事和记忆。欢笑声飘荡在病房的上空，久久不能散去。在一个落霞尽染的黄昏，在长久的对视中，让颜就是这样自然地将同欢揽入怀中。同欢僵持的身体有片刻的停留，但还是顺从地躺入让颜的怀抱。让颜紧贴在同欢的耳边说：“同欢，你知道吗，其实我一直喜欢的是你。如果不是你的退出，我想和我在一起的一定是你。若月，她是个不错的女孩，但我想她是不适合我的。”

5

同欢埋头输着数据，洛洛在身边走过，用肘轻轻碰了一下她。同欢抬起头，看到洛洛不快的表情。她飞快地丢下一句话，便迅速走开。“中午，在餐厅等我，我有事要和你说。”

午餐的时候，餐厅里坐满了人，同欢端着餐盘四处搜索着洛洛的踪迹。看见洛洛在远处挥手，便朝她径直走去。在洛洛身边坐定，她才停下手中的筷子，淡淡地说：“我现在告诉你一个消息，但是你必须保持镇定。下周六，何让颜就要和莫若月结婚了。”同欢沉默不语，只是低头一勺一勺地将汤送进嘴里。洛洛点燃一根烟继续说：“起初，我觉得让颜还是一个不错的男人，没想到他原来也和其他人一样俗气。我听一个朋友说，莫若月的身家过亿，而让颜和她结婚就能得到她名下 15% 的股份。我想，你们那么好，怎么就会突然变脸了呢，原来如此啊。这也难怪，谁能过得了钱这一关。”任凭洛洛在耳边喋喋不休，同欢似乎什么都听不见了。

时间再一次把葛同欢带到了记忆的长河里。

在那个阳光能把人烤焦的七月，若月意外地出现在同欢和让颜面前。但是她面对的情景，竟然是自己的男友和最好的朋友相拥在一起甜蜜的样子。她惊讶得说不出话来，脸色苍白得吓人。让颜走到她的面前说："若月，对不起，我和同欢在一起了。希望你能原谅我们，并能祝福我们。"若月紧紧地盯住这个曾经给了自己很多美好回忆的男孩，举起手在让颜的脸上留下了一记响亮的耳光。然后，头也不回地走掉。

同欢追了过去，她想拉住若月的手，解释一下。虽然这些都是很苍白的话语，但是她真的不想看到若月痛苦的样子。她为自己的自私感到难过。若月转过身来，对着同欢一字一句地说着："葛同欢，我是不会输给你的。如果不是当初我的暂时离开，也不会有你们的今天。我爱让颜，不管过去了多少年，我依然会让他回到我的身边的。你要记住。"

若月在那个七月里消失了，她办理了退学手续，离开了这个充满幸福和痛苦回忆的地方，也带走了她和同欢两年的真挚友谊。随后的日子里，考试、放假、开学、毕业，时间流水般地飞驰而过。曾经的不快在葛同欢和何让颜的心里逐渐淡去。莫若月，这个出现在他们生命里的名字，也变成了一段遥远而模糊的记忆。幸福此时如一道光，温暖地照耀着他们前行的路途。

毕业后，同欢和让颜一起来到上海，开始了他们的创业历程。这是一个充满机会和诱惑的城市，但也是一个残酷而真实的城市。他们很努力地工作，但还是离自己的梦想那么遥远。也有很灰心的时候，但是爱情的支撑足以让他们振作精神，投入新的工作。同欢和让颜约定好，等供完一套房子，他们就结婚。

不知道是不是让颜不苟言笑的处事风格，还是其他的原因，他的工作一度处于困境。再加上他妈妈患上脑癌，他的脾气变得更加孤僻和暴躁。有时候，同欢看到半夜里让颜独自一人坐在黑暗中抽烟，明灭的烟火中，那份孤独和无助让她的心生疼。她真的不知道该怎样去安慰他，生活的窘迫将人逼到了一个几近崩溃的边缘。

6

洛洛在一家日本料理店开她的生日 PARTY。同欢由于加班，迟到了近一个小时。推开门，同欢一个劲地道歉。洛洛脸颊扑红，似有醉意。她拍拍身旁的座位，招呼同欢坐下。落座的时候，不小心撞到酒杯，清酒洒了旁人一身。她连忙起身道歉，一边用纸巾擦拭。偶然抬起头，看到一双诚恳的眼睛。同欢尴尬一笑，连呼今天工作太累，手脚有点不甚灵便了。

仍是一室的呼朋引伴，大家忙得不亦乐乎，各自捉对厮杀，浑然忘了旁人的所在。洛洛是个交际广泛的女人，天晓得怎么会和同欢做了朋友。面对陌生面孔，同欢只好低头吃菜。旁边的男人也是如此。转头的间隙，发现彼此都在观望对方，不免哈哈大笑起来。

然后，开始闲聊，互换名片。同欢发现眼前这个理着平头，戴着眼镜的男人，有一个不错的名字；曾初见。很淡雅的感觉，像是摆在案头的旧诗词，翻开来就有一股书香气。没想到，他竟然还是魔术协会的会员。同欢觉得初见是个有意思的人。

第二天下班，洛洛约同欢逛街。在经过一家珠宝行时，洛洛说："同欢，你能猜到这家店的老板是谁吗？"同欢撇撇嘴，不置可否。"曾初见的父亲，你上次见过的那个啊。"洛洛边说边比画着初见的样子。同欢仍只是笑笑，心想，管他是谁，跟我有什么关系。然后，洛洛又不厌其烦地在同欢耳边细数着曾初见的好，并怂恿着同欢与他交往。

临近春节，同欢准备给父母买点礼物。在太平洋百货的门口，竟无意碰到了何让颜和莫若月。一个多月不见，让颜变化挺大。合身的西服，衬托得他更加英俊挺拔。只是脸颊消瘦了许多，看人时的眼神变得锐利。

莫若月依在何让颜的身旁，在化妆品的精描细绘下显得更加漂亮。看到拎着大包小包的同欢，她的脸上顿时露出一丝胜利者的笑容。同欢想绕道而行，却被若月一把拦住。她抓住同欢的手臂说："葛同欢，这是怎么了。才几年不见，就不认得我了。老同学好歹也要打个招呼吧，你又没做过亏心事，干吗躲着我。"同欢回过头看着若月，然后又看着让颜。让颜面无表情地站在一旁，漠然地看着两个自己爱过的女人，不发一言。此刻，同欢的心似被千万只手抓紧，痛得说不出一句话来。她转身快步离开，泪水如决堤的潮水，无法抑止地涌了出来。

闯进家门，同欢将手里的东西狠狠砸向墙壁。长发早已被泪水打湿，散乱地贴在脸上。同欢开始痛恨起自己来。如果不是当初自己的动摇，也不会有今天的结果，或许他们三人仍是最好的朋友。似乎一切都是宿命里注定的东西，不是她葛同欢的，最终还是会失去。面对这一切，同欢深深地闭上了眼睛。她真的累了，她要把这段记忆从生命里删除。

7

接到初见的电话，约她晚上吃饭。同欢犹豫了一下，还是答应下来。或许，她要试着开始与另外的男人交往。虽然让颜的气息、让颜的拥抱是那样熟悉，但那已是昨日的东西，再也不可能回来。同欢一想起这些，便会咬紧下唇，她在努力地让自己学会忘记。

氛围高雅的餐厅，有着柔和的灯光和舒缓的音乐。那时，同欢和让颜也只能在情人节或是圣诞节才会来奢侈一下。那些飘忽的往事，风一样地掠过来，让心潮湿无比。透过光洁的落地玻璃窗，满目的灯光灿烂奢华，同欢不知道涌上心头更多的是喜悦还是忧伤。

初见轻声地唤着同欢的名字："同欢，你怎么了？"同欢这才收起了飘飞的思绪。初见似乎看出了同欢有心事，便提议表演一个魔术来助助兴。同欢颔首示意。"这是一个关于皇室的凄美的爱情故事。美丽的公主爱上了年轻的花匠，但是却遭到了家族的反对。为了表达对爱情的执着，公主从阿尔卑斯雪山跳崖殉情。当花匠赶到时，只发现茫茫的雪地上留着公主留下的一块丝绢。他悲痛欲绝，随后也纵身跳下悬崖。"初见面色凝重而又略带伤感地娓娓说来："这个魔术就是为了纪念这个勇于追寻真爱的公主。"然后，他手上就多了一条粉色的丝绢。看着初见优雅的动作和绅士般的风度，同欢的心里有了一种暖暖的感觉。在这淡淡的忧伤的氛围里，她不知道那曾经熄灭的爱情之火是否又开始复燃。

同欢与朋友聚会，兴趣所至，难免会多喝几杯。人声嘈杂，遮盖了手机的铃声，当再听到时，早已挂断。同欢打开来看，竟赫然显示着一个久违的熟悉的名字，那个多少次在梦里反复出现的名字。同欢的手不自觉地抖动，随后将手机扔进包里，继续与人推杯换盏。可是那落入嘴中的液体竟变得如此苦涩，与愁绪纠结成午夜的怨歌。

凌晨时分，人们各自四散。同欢打车回家。推开家门的一刹那，满屋的寂寞无声地涌过来，将人顷刻击倒。同欢倚在冰冷的墙壁上，脸上竟晶莹一片，泪水宛若蝴蝶无声滑落。此刻，她是那么渴望让颜的怀抱，渴望让颜温热的气息。一个人打拼的时间太长了，心孤单得无所依附，唯有爱情能够安慰自己。可现在爱情不在了，人也就成了一个空虚的外壳。同欢突然感觉到一阵头晕，冲向洗手间里呕吐起来。

最终，同欢还是忍不住拨通了让颜的电话，可是从话筒里传来的却是一通甜美的女声。挂掉电话，她嘴角掠过一丝苦笑。时光荏苒，电话那一头却早已不是那个会为她苦苦守候一生的人了。

在新年将要到来之际，同欢答应了初见的求婚。初见是那样朴实的一个男人。家境殷实、温文尔雅。常常就这样无言地陪在同欢的身边，沉默地看着城市上空的烟火从明到灭。偶尔会泪光闪烁，但那绝对是温暖的线索。只要一伸手，就能够有暖意入怀。同欢想，或许这才是上天交付给她的幸福：平实温和，没有怨意。

8

这件婚纱，同欢曾经试过。而如今再次穿起，却不是为了当初的那个人。洛洛在一旁，笑意盈盈，似乎要结婚的是她。就是这样好的朋友，让人觉得世间光阴的美好。

拍婚纱照是如此累人的事情，一天下来，整个人像要塌下来。初见接到电话，要再去忙别的事情，一个人开车先走了。临行时，还不忘叮嘱同欢打车回去，早点休息。同欢微笑着在他的脸上留下热吻。夜幕降临，城市的灯火星星点点。同欢一个人沿着马路走，手里的包包随着身体左右摇摆。此刻，她的心情如雨后天空，明净中带着忧伤。再过几天，她就要结束自己的单身生活，成为人妇。所有的记忆都会淡淡地从生命里褪去，而在夜深人静时，让颜的面孔依然会猝不及防地闯进她的心中，跟随她的喜怒哀乐。

站在黑幕中，同欢深深地吸了一口气，然后掏出手机。她只是想给让颜打个电话，来告诉他自己将要结婚的消息。算是终结，也算是对过去的告别。

让颜的声音依然那样悦耳，一字一句如在身旁。他的背后是嘈杂的人声。简短的对白，如一幕盛大的戏剧。

“让颜，是我，同欢。”

“哦，是你。”

“你还好吗？”

“我还好，你呢？”

“我就要结婚了。”

“……祝福你。但也请求你能原谅我。”

“算了吧，一切都会过去的，包括我对你的爱恋。我只是想告诉你，我决心忘记你了。”

“……”

天空不知什么时候开始下起了小雨，同欢站在商店的屋檐下，耳边传来的是小刚忧伤而柔美的嗓音：“不能够忘记爱情忘记伴侣忘了孤寂，也至少忘记当初为何在一起，到最后忘记眼神忘记脸庞忘记身体，怕只怕我们忘了决心忘记……”同欢终于清醒。对于爱情，她天崩地裂，百转千回，原来都只是因为忘了忘记。

让颜，这个爱过的男人，就如同那一片升在高空的烟火，在她的生命里尽情燃放后，终于落入尘土。

冷暖自知

我开始了休假，在西北，我曾经成长的地方。放松了神经，舒展了身体。长时间我没有写字，懒惰在蔓延。我有些羞愧，甚至还有些忏悔。我知道我应该写下去，不需要任何的借口和理由。

西北的天空是一望无际的蔚蓝色，比北京要晴朗很多。八月的中旬，立秋后微微的风，吹得人很舒服。我想这是一个沉默的季节，谁也不多说话，各自在安静的空间里完美着自己最初的梦。太多的语言被我们遗失在远古的记忆里，封存，凝为透明的琥珀。

其实，在没有提笔的日子里，我并没有放弃思考。要写的小说一直在我的脑子里盘旋，故事的情节一再被推翻。凌乱。

把一个故事讲好并不是一件容易的事情。

每个下午，我都要跑到朝南的那间屋子里，看着阳光暖暖地洒在铺着碎花的床单上，我躺上去，幻觉有一双手在我的脸上抚摩，我喜欢这样温和的感受。电视里播着《一米阳光》，清爽的偶像剧。爱情永远都是最美好的传说，在上海、在丽江、在温哥华。寂寞了太多个春夏秋冬，流浪了太多无声的脚步。我宁愿相信那是一个真实的传说。因为我知道，我们都在盼望一米爱情的阳光，可以灿烂在自己的身上。

爱情，即使很遥远，我们也应该永远都在路上。

最近我的心情一直不太好。深夜里我常常失眠，总是想到一些荒凉的东西，觉得寒冷。

心爱的论坛莫名地无法登陆了，我和一群经常出现在那里的孩子忽然开始了流离失所的生活。我们在网络里赖以交流的地方只剩下了一片空白，白得让我们心疼。我习惯了在上网的时候去点击那个熟悉的网页，可是等来的却总是虚空。手机短信成了我们这一群孩子互相安慰的方式："我会在老地方等你。"看着这样的短消息，忽然很想哭泣。原来，我们都一样，有一颗怀旧而善良的心灵。

更令人绝望的是死亡。

这个夏天，曾经和我同宿舍的晓江离开了我们，离开了这个繁华的世界。晓江是一个聪颖的孩子，少年班的大学生，20 岁研究生毕业，然后一帆风顺地进入了世界知名的外企。少年得志，有令人艳羡的学习和工作经历。

听到他离开的消息，我的心一阵阵惊悸。回忆像漂泊在风里的旧电影，一半是清晰，一半是淡漠。我似乎还能看到他清澈的眼神和无邪的笑容，可我的笔怎么也勾勒不出他的容颜。班上的同学录沉浸着忧伤的情绪，太冷。我写下了这样的句子：“为了爱着你和你爱着的人们，我们需要好好地活着。”

我家楼后是一条笔直的马路，马路的后边是一条河。因为缺水，形成了部分断流，左岸是河水，右岸是沙土。每个黄昏，我都会在河边漫步或者缓缓地奔跑。看远处稀薄的云层慢慢地吞没寂寞的落日，酒红色的圆慢慢地虚无，坠落的过程里蕴藏着一种心碎的美丽。河水的两岸是旺盛的植物，它们疯狂地成长，每一天都能感觉到它们又到达了新的高度。我把手臂伸进厚厚的草里，胳膊印上了绿色的草汁。我喜欢这种味道，有一些野性，天真而迷离。

我看着天一点点黑了起来，一切都慢慢地模糊起来。我知道时光就是这样渐渐地苍老。迎着风，我默默地流泪，我们的梦里到底还有多少青春可以挥霍？

也许是因为生性懒散，疏于求索，所以不会和不知道的东西太多。我只有写字，有时候我也会觉得无奈，可我还是坚持，我知道青春的忧伤在我的文字里可以找到投靠的地方。红色、蓝色、纯白色，它们都是我心底流淌的声音。我无法把它们唱成歌，所以我写出来。安妮说，有时候文字让我一览无余。我喜欢这样明彻而简洁的表达。很多的话，很多的故事，写出来我会很快乐。这种快乐是真实的，我一直这么想。我们都需要一个属于自己的方向。

我发现我开始变得有一些自闭，白昼到黑夜，我不想说话。手机关掉，断开网络，我和外面的世界有一些脱节。起风的时候，我裹一个薄薄的单子，只穿红色的爱慕内衣。我喝温度刚好的白开水。我什么也不想。时间从指缝中溜走，匆匆，只剩下我的麻木和叹息声。一个人坐在宽大的客厅的沙发上发呆。暂时离开了都市灯红酒绿的诱惑，我想做一个迟钝的孩子。曾经在一本书中读到过，喜欢用文字和自己对话的人，总是会有一段迟钝的日子；而迟钝的背后，会是理性的再出发。

这里不是起点，这里也不是终点。我知道。

我想起网络里很多人说我写的是孤独的文字，黑暗而且寒冷。我沉默以对。我不知道他们是否读出了我在文字里所播种下的希望。

我写过穿着红裙的美丽女生，我写过丽江古老悠长缠绵的传说，我写过青藏高原上没有污染的雪莲花，我写过黎明就在地平线的前方。

其实，我内心里很盼望那些温暖的东西，幻想着它们可以燃烧出一个春光明媚的世界。那里不再有忧伤，那里不再有失望，我们都可以在大街上、在琴弦上快乐成长。

暗涌

——写在《秋天，别来》之前

初

一种淡定自若的美丽。

我在空荡荡的房间里一遍一遍地放着《暗涌》，王菲的声音盘旋至天花板，然后又坠落在耳中。我想起她轻蔑淡漠的神情，心就开始疼痛。

我以为我就要哭泣。

1

谁也不要左右我。

我带着这个念头横冲直撞，任它在心底与溃烂的伤疤一起纠缠。

我每日每日地喝醉，几乎忘记什么叫作清醒。

2

忽然想起上大学的时候，我和很多人一起在舞台上演话剧。我是没有思想、没有语言、没有动作的树木。我站在舞台上看前面忙作一团的人上演着所谓的“人生”。要是可以，就这样做一棵什么都不知道的树，站在生活的背面，看世事的纷落该多好。

可我终究还是我自己。我不知道要用什么表情来面对这种生活。

3

那天晚上，下楼的时候不小心跌倒了，我摔在地上很长时间起不来。回到家里，发现手上有一道细长的口子，流出黯淡的血，很疼很疼。

我猜那个伤口一定是在哭泣，怎么也不肯停，血就一直流啊流。会落下一道疤痕，我想。

我会不会在多年以后的某一天突然抚摩着这条疤痕，回忆起我浑浑噩噩的青春来。

4

我对自己说，我要写一篇有弯度爱情的文字。

弯度，是一种曲线，也是一种残缺。

“我爱着文字里的孩子，就像我喜欢你一样。可是你会把自己埋进文字里走不出来。”

有人总是喜欢这样子揭穿我。

5

我仰着头看天，一直一直看。

天空是蓝色的。天空很单薄。天空很遥远。

只有深重的风呼啸而过的声音。孤独掩盖了一切。

6

我看到很多阴影，铺天盖地地落下来，一天、一地、一身。我几乎无法呼吸。

有一个声音一直在我心里尖叫，不分昼夜地把恐惧抛出来。

我只有在梦里才能够安静。

7

黄昏落幕的时候我开始数星星，无比认真而虔诚地数着那些隐藏在灯光之下的暗淡星球。

满树的雀儿“扑啦扑啦”地飞进深蓝之中。

有一些瞬间如此平静漫长。

那些长长短短华丽的时间，在这一刻次第落幕。

突然觉得自己成了一张白纸，一切都不再重要。思想可以完全不受控制地飞翔。但是至于怎样飞、飞到哪里，我无从而知。

一点儿都没有感觉到凌乱。很清楚，就是一片空白。

开始感到恐惧。

我是说，我感觉自己是个干净彻底的容器，没有丝毫生命迹象的容器。

我渴，需要被填充；但是并无空虚感。于是我不断地喝水。但是液体流过食道，即刻被蒸发干净。如此彻底，丝毫没有余地。

一切都很明亮、很纯粹、很美好。

我是说，没有任何瑕疵，包括我发胀的胃。我发觉什么事情都无感觉了。

我的指甲扎入皮肤。我看到褶皱。我看到红色的痕迹。费了很大的力气，我才摸到微弱的脉搏。一个巨大的冰冷容器在跳动。

终于安静下来。知道无法改变什么，就好像一个人看着满地的水，但是因为找不到源头，所以，任凭身体也被浸湿透掉。

终于，由于水的重力作用而沉坠，一片空白。

布满荆棘的藤条，纵横交错。

穿透身体。穿透眼睛。穿透手指、胸腔。

给我一个拥抱。我不需要温度，不需要安慰。我只想给你空白。

所谓定义，无所谓结果。既然空白，我可以当一切亦是幻觉，没有温度。

我无法动弹。我只是在机械地敲击键盘，记录自己的幻觉。

我的咖啡杯子。搪瓷杯子。细纹杯子。玻璃杯子。白色杯子。

别走。我不是需要安慰。千万别走。否则我会蒸发掉。

我的生命存在于你的幻觉。留住我。

给我一个机会。我只是想证明自己的幻觉。

真实的安慰。温热液体流过皮肤。分明是白色的血液。

我将它记录下来。让我们共同分享。

秋天，别来

1

月现在想来，羽那晚的电话打得有点莫名其妙。在那天之前，月和羽已经近一年没有联系了，月相信很多事情在一年的时间里可以发生、可以改变。月想，羽一定已经将她忘掉，将他们之间那种不是纯粹的友情，也不是纯粹的爱情的东西忘掉了。可是那一晚他忽然打电话来了，在那一端，他的声音带着怪异得近乎歇斯底里的兴奋。他说："是月吗？哈哈，是我啊。"

羽是高中时坐在月后面的兄弟，一个英俊而阴郁的男生。那时候，他喜欢BEYOND乐队，喜欢偶尔在周记本上写一点晦涩的文字。当然，他也是月英语笔记的忠实读者，他总是惊异于月竟然能当堂记下那么整洁而有条理的条条框框。借着借笔记的缘故，他们渐渐熟悉起来，于是月知道了他残缺的家庭、不快乐的童年，还有那种似是与生俱来的忧伤。所以，月常常担心他会突然颓丧，突然地失声痛哭。没有人能控制他，连他自己也不能。

月一直记得高一的某个冬天的午后，他们坐在靠窗的课桌旁晒太阳，悠悠然地说起了 BEYOND 的那首《喜欢你》。他说，第一次听的时候他流泪了。月说，难道你曾经有过如斯的爱情吗？他看看月，然后从课桌里掏出 WALKMAN，说要不你也听一听。

在磁带里月听到的是羽的声音，他说，月，我喜欢你。月惊异地看着他，他垂着漂亮的眼睛，睫毛在脸上投下一点阴影。他微长的头发在阳光里微微地泛着褐色。没有任何举动。磁带里他反复地在说着那一句话。然后月把带子停了，放回他桌上。月转过了身，什么也没有说。

可是从此就有了默契。月的英文笔记本里开始出现一些漂亮的没有用过的信纸，黑白的画，影影绰绰的笔迹。他灰暗的文字里会夹杂一点月的感触。偶尔他们会有短暂的目光接触。可是大家心里都是安静的。在高考开始越来越像一把利剑悬于他们上空时，这样的平和与淡然给了他们莫大的安慰。他们可以在大部分时间里做着别人要求他们做而且自己也觉得非做不可的事。他们越来越感觉彼此具有相同的气息。

高考后月和羽到了北方两个不同的城市。关于那个午后的那一句话没有人再给它扩充，也没有续尾。谁也没有提，似乎就这样顺其自然地走到了头。偶尔会有信和电话，会有习惯了的过分的玩笑，但是几乎没有再见过面。只是有一年暑假，月在街上看到他，羽揽着一个时尚的漂亮女孩，在玻璃橱窗前看婚纱。他没有看到月，又或许他从玻璃窗的影子里看到了，但终究只是这样擦身而过。月没有难过，从一开始她就觉得羽是需要被爱、被安慰的人。月竟然觉得安心。月从来没有想过为他们之间的感情下个定义，她想的是，他们只是在那样特殊的年代里需要安慰的两个相似的灵魂。就这样。电话还是会有，有时候还可以收到他的信，写在从前羽送给月的那种信纸上，文字依然如故，和那些黑白的画一起在空气里漂浮。

月知道，羽是个容易忧伤的人，他的眼底其实总有一抹泪光。

再次接到羽的电话的时候，月忽然想起了从前的这些、那些。那天他还说想去西藏，据说 8000 块钱就可以去那里。月说，我也想去的呀，记得吗，以前我们说起过一起去西藏的。他的声音忽而就低了下来：“我知道你一直就是有梦想的孩子。”然后他说：“我挂了，你要好好地生活，好好地照顾自己，要去西藏看那片纯净的土地。”电话里发出了忙音，而月从此就再也没有听见过羽的声音。

是在两个星期后，月在 CHINAREN 的校友录上看到了羽的死讯：自杀。同宿舍的人早上看到地上有滴下的血，而原因，从他留下的一点文字来看，是因为绝望的爱情，以及那种挥之不去的命定的忧郁。具体时间是 10 月 25 号，就是羽打电话给月之后的第二天。月愣在那里，整整 5 分钟，什么都没有想。月只是不明白他为什么要选择那样一种极端惨烈的方式来告别生活。是反抗什么，又或者愤恨什么？他用自己年轻的生命开了一个天大的玩笑；而这个玩笑，却再也不能重来。他是一个傻瓜。月在心里骂他，傻瓜，傻瓜。然后眼泪掉下来。

那是个秋天，有金黄色的树叶从空中缓缓地跌落下来。

后来月听到一个声音在耳边轻声说："我们出去吧。"有人扶住了月。眼泪蒙住了眼睛，月什么都看不见，只是颓然地跟着他走。可月知道，那一定是罗冰。

2

羽出事后的好长一段时间里，月都将自己埋藏在书本和教室里，她渴望回到从前风平浪静的生活。这是一个温暖的冬天，而羽错过了。走在路上的时候，月经常会想，如果羽能坚持过那片黑暗的日子，他就可以闻到空气里阳光的味道，他就真的可以去西藏，他还可以带别的更好的女孩子去看婚纱。可是就像哈姆雷特，他的悲剧是性格悲剧，仿佛注定，谁也无法更改。

月经常在半夜里醒来，然后便无法再睡去。在黑暗中，月的思维开始混乱不清。冬天午后的阳光、黄家驹的歌声、羽的褐色的头发和他脸上睫毛投下的阴影，还有他的声音和文字，月无法遏止地怀念过去的时光，徒劳地见证自己对羽的模糊复杂的感情。在黑暗里，她突然感觉到自己的怅惘和无助，她甚至猜想，如果自己可以爱上一个人，那么应该就会好一点。

有一晚，月和宿舍里的人去校外的网吧玩了一个通宵。习惯在午夜游荡的人都是同样孤独而脆弱的病人。他们需要别人的故事融合进来，然后让自己连绵的思路被打断、被终止。

就在那个深夜的网游里，月认识了戴恩。他们互相留了电话号码，他打电话给月，说：“我在离你很近的城市上大学，我叫 DANE，D–A–N–E，当然，也可以叫我戴恩。”他的声音听起来明朗流畅。

他们开始聊天，说卢梭的《忏悔录》，说张爱玲，还有电影《勇敢的心》。戴恩只是沉浸在聊天的愉悦之中。可是，月在思索着这般思想的交流要比情人之间的对望应该更有意义吧。所以，即便没有爱情，又能怎么样呢。20 分钟后，戴恩像个得到了满足的孩子似的开心地挂了电话，月的心却开始有隐隐的触痛。

生活其实是美好的事情，只是狭隘的视角阻碍了我们去发现那些景致。

月喜欢戴恩的声音，他让月觉得暖，觉得明亮。

后来，月几乎每天都能够听到戴恩的声音。每天晚上 11 点，他都会把电话打进月的宿舍，聊10分钟，然后快乐地挂线。有时候没有话题，近乎琐碎到无聊的地步。而月早已习惯在他的每一声“晚安”后安静地入梦。月开始想象他的样子，差不多已经忘记了有关羽的过去。月以为自己正慢慢地好起来了。

月一直相信有些事情是可能发生的。比如罗冰，喜欢英文报上一位来自美国的编辑，每一期他都会回答读者的疑问，答案简洁明了。报纸上刊出了他的一张小照，戴着眼镜，微侧着脸，嘴角向上扬起，看上去睿智而豁达；比如有些人意气风发地将网恋进行到底，沉溺于那语言文字背后的幻象；或者比如月自己，因为明亮的声音而爱上一个人。

也许有些人是注定要和另一些人相遇、相识。好比戴恩，他说他喜欢和月聊天，而月是因为网络而认识戴恩并且喜欢他的，犹如陷入轮回的圈子，一重重地因果相套，在追根溯源的时候才觉得是那么奇妙。

有一次，月和戴恩讲到了羽，月说，有的时候自己仍然还能感觉到他的存在，飘摇不定，似乎是在梦里。戴恩说：“小丫头你该试着忘记过去了，离开的人离开了，而我们还得好好活下去。除了这个男孩，你就没有别的男朋友了吗？”

除了羽，月想，那就只有罗冰了。罗冰和月同系，比她大两届，学生会副主席、摄影协会会长……还有一大串月不曾记住的头衔。

罗冰是精明能干的男孩，喜欢穿格子的衬衫、牛仔裤，很少穿皮鞋，头发整齐地修饰过，目光泰然，神情笃定，似乎没有什么能让他慌乱。那天，他扶着月的肩，把月从机房拉出去。他一遍遍地说，别怕，哭了就会好了。然后他又淡淡地说："真希望哪天你的眼泪能为我流。"月没有看到他的表情，只是听到他的声音。

戴恩说，他蛮好的啊，你为什么不喜欢他?

"因为我常常在学生会一起和他工作，他总是那样自以为是，对其他人指手画脚，不苟言笑。在那一刻他成了他自己照的黑白相片里的人，那是可怕的事情。他像一个黑白的影子。"月说。

戴恩笑了:"你这个丫头。那你喜欢什么样的男孩？"

月说："他最好戴眼镜，眼睛可以在镜片后微微闪光。他不一定帅，可是要够聪明，要有我能够欣赏和分享的思想。戴恩，你是这样的吗？"

然而在大部分时间里，月愿意相信，那个人就是戴恩。只是月没有说，她只是让他静静地成为心底最温暖的传说。

3

毕业的时候，月开始忙着找工作。月是网络工程专业的。因为女孩子不太好找工作，学校建议月留校任教，家里人不同意，在月不知道的情况下给她报名参加招工的考试，而罗冰这时候告诉月，他考上了北科大的研究生。那一天，月和其他两个毕业的同乡也通过了考试。

报到的第一天，月认识了晓蓝，一个同样年轻漂亮的女孩子。晓蓝和月都是第一天来单位工作，主管告诉她们下班后一起去吃饭，这是月参加工作的第一个饭局，如果可以叫作饭局的话。坐在那装潢考究的地方，面对那些陌生的，或许日后会成为她们的上司的中年男人们，月忽然觉得手足无措。这是个不错的单位，至少就它的薪水来说，月知道这份工作也许会提供给自己想要的物质生活。可这不是月想留下来的地方，勉强打起精神，将微笑习惯性地贴在脸上。

月只是象征性地动了几筷子。然后那个胖胖的主管提议敬酒，而且不可以以茶代酒，要一个一个来，要一口干。酒的味道总让她们感到恶心，月都有点慌了。晓蓝说豁出去了，大不了就醉了呗。然后她站起来说“我先来吧”，底下一阵掌声。看着晓蓝一口接一口地干，月为她，也为自己开始感到紧张。这个工作就如此重要吗？她那样硬撑着，仿佛死心塌地地爱上了一个男人，不能做正室，做小妾也是可以的。然后月看见晓蓝软软地瘫坐了下来，脸色煞白。那些男人又在说了，下面一个谁呢，月吧。起哄一般。月也站起来，端着酒杯，里面盛了满满一杯白酒。月看着他们，笑意盈盈的脸，内心觉得厌恶。工作就是这样找到的吗？这到底是荣幸还是闹剧？然后月猛然放下了杯子。月说：“各位对不起，我有事先走了。”月拍拍晓蓝的肩，在他们愕然的表情里走了出去，步子稳健而优雅。

月沿着陌生小镇的大道慢慢走着，已经是入秋了，落满阳光的风里有路人零星的笑声。月忽然发现生活是如此不易，也许刚才自己错了，也许应该学会忍受。

那一刻，月忽然很想念戴恩，那属于黑夜的声音，在白天的阳光下会是什么样。月想，自己为什么老是会纠缠到那种什么都不是的感情里去？为什么就不能是简单，哪怕平淡？为什么就不能找到一个人在自己的身边，快乐或者委屈都有人陪伴？刹那间什么都涌上来了，月蹲在路边，忽然好想和戴恩见一面。

戴恩在电话里笑了：“月，你是喜欢我的，对吗？”

“是的，从听到你声音的第一天起。”

“你是个磊落的女孩子，可是，我不认为我们之间就会有爱情。”

“我没有奢望爱情，没有，我只是想看看你。”

月的声音低下去，又开始纠缠不清了。戴恩，如果你有一天可以路过我的城市，请你打我的电话。

4

戴恩就在这个时候来了。他在电话里说：“月，我在你们小镇的车站上，你过来吧，我想我能认出你。”

星期六的下午，正下着淅沥的秋雨，车站上还是有很多人在等车，各种颜色的伞挤在一起。有人走过来，然后在离月 5 米远的地方停下脚步。“月，是你吧。”他撑着一把深蓝色的伞，戴着眼镜，眼睛在镜片后微微闪光。

他们相视而笑。

那一天，戴恩说要去从前他们说起过的那些地方，比如城市郊区的草场，比如月工作的金字塔形的建筑群，还有月曾经扭伤了脚踝的跆拳道馆。月仰脸看着他：“你都记得啊，呵呵。”像被宠爱的孩子一样欣喜。

雨还是下着，他们合打着一把伞，蓝色的，像有着深入骨髓的忧伤。

“其实，我要赶晚上 6 点半的班车回去，而且，不久我就会出国，”他说。

“哦？要去哪里？加州比较好，我喜欢有太阳。”

“哈，你怎么知道的，我就是去那里。”

然后就是停顿了。月说：“我不奢望爱情，那么这一切就在我意料之中，我应该满足。”月抬眼，看到他的眼睛里隐隐流淌的疼痛。

“月，我喜欢你。”

“多么熟悉的一句话啊，像许久以前，我在羽的 WALKMAN 里听到的一样。”

“可是我无法带你走，你也未必就愿意和我走。”

月说：“戴恩我知道，你说过我们之间是不会有爱情的。你说过的。所以你走吧，我也找到了工作，我想这些都不会变了。也许见你一面只是好奇，也许还贪心地想要得到什么，但是，呵呵，这样的收尾还是很漂亮，至少算不落俗套。”

戴恩看着月。“你就是这样率真磊落，叫我不忍。”

上 TAXI 之前戴恩从背包里拿出了一张碟，是 MEL GIBSON 的《勇敢的心》。“这是我最喜欢的一部电影，送给你，我想你也会喜欢。”

戴恩就这样离开了月的城市，他们在一起的时间加起来是 4 小时 37 分约25秒，而在那之前他们打电话的时间加起来是47小时35分约18秒。当载着戴恩的车消失在雨雾弥漫的路口时，月想，该和很多事情告别了。

然后月打着伞，沿着小镇的长街走了一圈又一圈。路旁的音像店里放着黄大炜的《乘着风》：“当你想念我的时候，不要以为我不在想你；当你想忘记我的时候，不要以为我也忘记你……”月停下来听。很多时候，她喜欢这样近乎声嘶力竭的歌声，似乎是从自己的心底喊出，一遍遍，不能停，不能停。

那一晚月很晚才回到单位宿舍，同事们看到月的时候，的确有点惊讶，月的外套湿了大半，头发湿湿地贴在额角。月平静地说，外面雨下得好大，大院门口又像是要积水了。然后月拿毛巾擦干头发。月的头发已经长长了，这是月第一次留长发。虽然月知道自己留短发比较好看，可还是固执地坚持了这一次。

月擦着头发，想着戴恩看到她的时候说：“头发长了，丫头，蛮好。”

然后他伸出手，摸摸月的头发。点到为止的肢体语言。

也许，月脸上该有满足的微笑。

5

月一直以为自己不断地遇到一些人，又离开一些人，只是为了找到那一个可以和她相守终生的男人。就像有些人不断地流浪，也许也只是为了找到一个地方能让自己安定下来。

闲暇的时候，月会看看那部电影《勇敢的心》。月一遍又一遍地为它所打动。悠扬的风笛、那一声呐喊、威廉深邃的蓝眼睛，还有悬空而起的剑。是不是就像是这个故事，戴恩一直在追寻的也正是这样自由的生活？FREE FOREVER，也许，这是属于他的生活方式；也许他还没有厌倦漂泊；又或许，他只是还没有找到想要停下来的地方。

工作之余，月游走在网上，很意外地恋上了安妮的文字，她的文字莫名地让月流泪、难过，她是和羽有着一样的忧伤的孩子。安妮把她的忧伤埋在了文字里，羽却还给了自己。有一天，在一本杂志上月看见了安妮的样子，海藻般的头发、白棉布的裙子、柔和的眼神。月觉得安妮好美。

后来月模仿安妮的笔触，写了一篇长长的小说。这篇小说花了月将近一个月的时间，写完的时候是月发完高烧后的一个深夜。月盘腿坐在电脑前，重重地呼出一口气，为终于结束了对自己过往那一段长长日子的梳理而感到释怀。月把写好的小说发到了戴恩的邮箱里。他已经在加州，并且有断断续续的 EMAIL 过来，说他很好，说加州的阳光很暖，说他很想念比阳光还要灿烂的月的笑容。

还有罗冰，从一开始，他就认为月应该对他所付出的感情表示兴奋，并且心怀感恩，可是月没有。在月毕业之前，他又郑重地问过月愿不愿意和他去北京，虽然工作不好找，可是他会全心全意地帮助她。言语间他还是那么笃定的样子，似乎一切就只等月开口。可月却坚信，很快，他会成为一个旧相片里的男人，没有微笑。“罗冰，我们不是一类人，我喜欢的你给不了。”

然后月离开，像那次离开单位的饭局一样，不慌不忙。

月庆幸她还能是自己的主人。

这时候月很想去羽的墓地看看，月想给他带去一束淡黄色的雏菊，还有自己刚刚写好的小说。从前羽说起过月写不了太长的文字，因为他认为月是一个容易厌倦的孩子，可是月把这篇小说写得比以前羽读过的任何一篇都要长。羽曾经说月有时候天真，有时候却有点邪气。月想自己是不是忘了告诉他，3 岁的时候曾看到邻居老太太在门口晒衣服，月就和妈妈说她那么老了，像是要死了。结果当晚这个老太太就死了。月忘了告诉羽，她的预感有时候很灵验。而对羽，月一直有一种不祥的感觉。月没有说，可是，秋天还是来了。

月擦干净他的相片，那张俊朗的脸。羽。

后来月留起了长发。就这样过起了心安理得的平常日子。

半支烟

有一种寂寞，用半支烟的时间来丈量是远远不够的。

雨后的天空，并不晴朗，有一种压迫人的抑郁感。我在空荡荡的街上漫无目的地走着，有很大的风，我觉得冷。用手臂把自己环绕起来，这样会好一点。

原来自己拥抱自己，也可以带来适度的温暖。

路边有一个骑单车的少年，长长的头发遮住了半边的脸。他不时回首，看车后边坐着的一个穿红毛衣的女孩。女孩的双手紧紧地抱拥着男孩的腰，头轻轻地枕在他的背上，脸上露着幸福的微笑。甜美的爱情，年轻得令我心动。

忽然想起了自己的从前，那个曾经在寒冷的冬天里把手伸进我怀里取暖的她。她有长长的头发和纯真的表情，左脸还有一颗漂亮的美人痣。我记得她吻我的样子：微闭的眼睛，脸上一团羞涩的红晕，像极了童话里穿白纱的公主，在迷人的月光下，美丽成一种传说。

手机拨号的几秒钟后，那边传过来一个慢悠悠的声音：“你好。是我，可以见个面吗？”

半个小时后，我在泡沫红茶坊的门口，看见了一辆红色的宝马从远方驰来。

一袭红色的职业套装，还是长长的头发。她依然美丽着。

咖啡在左，茶在右。

我们坐的是对面。

无名指上的钻戒，左右手都有。闪着耀眼的光芒。

“你过得好吗？”

我们问的是同样的一句话。

都笑了。

“我结婚了，老公是生意人。”

“看得出来，你过得很安逸，很舒适。”

“我在读研，就快要毕业了。”

“你在坚持，追求着你想要达到的目标。所有的物质生活，你应有尽有。你还在完美着你的精神世界。”

灯的色调是暗暗的黄色。在旋转。

光打在她的脸上，我注意到，那颗痣还在，左脸。依然很漂亮。

她拿起了红茶，轻轻地吹水面上漂浮着的茶叶。

缓慢的姿势，她的唇红红的。

忽然，她抬头问我：“你又恋爱了吗？”

我摇头。“还没有。”

“那你寂寞吗？”

“有一点。”

“我可以抽支烟吗？”我淡淡地问。

“当然。”

“你不是不抽烟吗？”

“可是，今天我想。”

“其实我也很寂寞，”她扬起脸说。

表情有一点委屈。眼睛潮湿，楚楚可怜。

烟，燃起，袅袅的烟雾。我透过烟雾看她的眼睛。

褐色的眼影，幽怨的眼神。

我开始从心底泛起一丝恐惧。

对她的恐惧，还是对往事的恐惧？无从分明。

“我一点也不快乐。”她说话的同时又点了第二杯红茶。

“他很忙，我常常一个人在家。”

我说“哦”。低头吸了口烟，然后侧头去看大厅中央准备唱歌的歌手。

“你就不问我为什么不快乐，而他又在忙什么？”

“哦，我忘记了问。或许，也没有必要问。我只是想见见你。”

歌手穿着一件宽大的毛衣，金黄色。旧的帆布鞋和牛仔裤。

漂亮的男孩子。神情是冷漠的。

“有没有这样一首歌，会让你这样想起我？”

她轻声说：“周华健，我们曾经都很喜欢。”

“可是我已经不喜欢了。我现在喜欢蔡健雅。”

“蔡健雅是谁？香港的歌手吗？看来我很无知，”她说。

“不是这样。你不会知道，是因为你根本就不会喜欢。TANYA 的声音冷漠而矜持，她没有你所欣赏的华丽声线。”

我又吸了一口烟。

再喝最后的一些咖啡。

烟雾和咖啡混合的苦涩味道在嗓子里凄楚地蔓延，有一种肆虐的快感。

她招手叫来了 WAITER，吩咐他去给歌手送一束花。

“还有这个，5 张百元的钞票，一张是你的，剩下的给他，我想听一首蔡健雅的歌。”

5 分钟后，音乐响起，是 TANYA 的《无底洞》。

那个漂亮的歌手在唱歌的同时，朝她暧昧地笑。

美丽和金钱，她的确拥有女人邂逅激情和沉沦快乐的所有条件。

“是你喜欢的歌吗？”她的目光里有难以掩映的骄傲。

“很好。”我留存在心底最后的温情也消逝了。再也没有从前那个快乐天真的女孩的轮廓。

失去是曾经的心痛，而心痛到彻底，有时候就是一种解脱。

我是该忘记了。

我再吸一口烟。

嘴里都是凉意。

她的手搭在了我的手指上：“其实我很想你的。”

我把嘴里的烟吐成了一个又一个的烟圈。

有些事情，选择了就不能后悔。就像空气中的烟圈，消散是唯一的宿命。

“现在我什么都有了，可就是没有爱情。”她握住我的手。

“机会和缘分，上帝给过我们，可是它只有一次。任何人之间的相遇，彼此只有一次，错过了就无法再次开始。”说完，我缩起被她握住的手指。

如果玻璃碎了一地，再好的工匠，也不能将它复原。

烟，正好燃了半支。

“多保重。我明天就回北京了。”

“那是多年前你负气出走的地方，”她流泪了，褐色的眼影褪了色彩。

“你错了，那里有我的理想。我爱这座城市。”

“那我送你吧。”她开过来红色的宝马，摇下了玻璃。

“不用了，我已经习惯了一个人在深夜行走。”

在她和她的宝马的背影消失后，我看着自己的影子。内心里寂静而伤感。

陪着我的，只有手里的半支烟。

你的独舞

她就痴痴地站在那儿，神色黯然。长发无力地垂在肩上，像是一只睡着了的蝴蝶。

这是她等他的第三个夜晚了。他在下线的时候，给她留了一句话：在十字路口的广告牌下，你等我，最迟不会超过零点。而后，他便消失得无影无踪了。她始终记得那个时间，8 月 21 日晚 11 点 45 分 25 秒。

有时候连她自己都无法说清，她怎么会为了一个莫名其妙的留言，而在寂静的夜晚独自守候在那个地方。这是一个让所有女孩都会退却的念头，毕竟是素未谋面，毕竟是夜深人静。但她不，她坚信他会来，她坚信他就是那个童话中的王子，而她是为了爱情忍痛变出双足的美人鱼。

他是个很特别的男孩。只在 10 点后上网，11 点 45 分下线。女孩很好奇地问他，这是一个怎样的规律。他说他是一个枪手，只在黑夜之中出没。她越发好奇，越想知道他更多的消息，但到现在她什么也不知道，她唯一知道的是他的昵称叫枪手。

时间无声地流逝，时针又停在了 11 点 45 分的位置，那是她最熟悉的时刻。每次他说下线的时候，她都会望一眼墙上的钟，似乎是一个习惯，也算是一种约定。今夜他又没出现，像是一滴落入海中的水珠，消失得无声无息。在关掉 OICQ 的时候，她的手轻轻地一颤，是一颗泪珠滴落在手背上，又滚落到桌面上，她就痴痴地望着它，好像是在看她落寞的心情。

轻轻地拉上门，躲过了家人关切的眼神和均匀的呼吸声，独自一人走在清冷的街上。她在期待着，那个熟悉的路牌下会出现他的身影。一头浓密的长发，一张愤怒而坚毅的脸。路过一家亮着微光的小店，她停了下来。她忽然记起他说过他喜欢那种红双喜牌子的烟，幽幽涩涩的，如同一个人的心情。

接过那个深红色包装的盒子，她的手有些微微地抖动。怀着好奇，她也抽出了一根，并向那个戴着老花眼镜的老头借了火。在她点着吸第一口的时候，那双老花镜后的眼睛投来了惊讶的目光。她不管，她知道她不是个堕落的女孩，她只是想去体会一下他在抽这种烟时的感觉和心境。一股辛辣苦涩的滋味从喉管涌了出来，她拼命地咳嗽，弄不懂他为什么会喜欢这种感觉，难受极了。她又想，这或许就是他的特别之处吧。

在昏黄的路灯下，广告牌显得格外忧伤，小雨打在上面，映射着迷离的光，像是一张挂满了泪珠的脸。女孩站在马路的对面，痴痴地望着，眼泪就无声无息地滴落下来，落在了手上，落在了白色的手提袋上，落在了透明的凉鞋上。

夜越来越静了，路上很久才会开过一辆夜行的车。寂静的马路上，早已没有了行人。她抬腕看了看表，快到 1 点了。她想，他不会来了，他说过他最迟不会超过零点的。她沿着马路缓缓地向家中走去。这个时候，有辆单车从黑暗中驶来。她的心开始飞快地跳动起来，她知道是他，他终于出现了。

可是，她立刻就失望了。那个男孩从她的身边疾驰而过，甚至连看都没看她一眼。接下来是更可怕的寂静，只有淅淅沥沥的雨声，她感觉这就是她落泪的声音。

雨还在下，她坐在阳台上打开随身听，带仓里转动的是那盘丁薇的《开始》。她知道她今夜就像是她唱的那首《你的独舞》：在这个美丽的零点约会中，始终只是她一个人的独舞。

关于永远

黄昏的时候，坐在家里的阳台上。仰望。天空很蓝，大块大块的云朵在头顶上缓慢地移动。深深地吸一口气。风中有清香。心情还是那样的落寞，空空的，仿佛倒尽了水的玻璃瓶。透明的心碎。但这一刻我告诉自己，一切都已过去。我不愿再想了，我已厌倦纠缠。曾经的时光如此美好，我要把它握在手心里，然后看着它陪我一起变老。

时光真的是很强大的东西，它改变了我很多想法，包括理想和爱恋。即使一切不在，有回忆也是好的。朋友说，陪伴你一辈子的只有回忆。我们始终都是孤独的。感情只是独自托在掌心里的包袱。我们不停地沿途寻找，其实也只是希望找个人把它放下。我们坐了一程又一程，放下又拿起，反反复复，心力交瘁。人生就如一段盲目的旅途，沿途风景一一看透，最后只剩心中的那份孤独。

多么美妙的烟火表演，繁华落尽，空留一地遗憾。

在我的脑海深处，有一口蓝色的井，漆黑幽深，冰凉彻骨。所有发生的、遇见的人和事，都被深深地掩埋在里面。随着时间的发酵，散发出沉郁的气息。我把这些感觉偷偷地藏起来，躲避着阳光。这是一种天生的东西，没有人可以改变。现实的生活依然继续，地球照样转动，花儿一样开放，人们依旧快乐地生活。所有的一切都在按着既定的轨道前进，像是呼啸着的列车，带着不可一世的冲劲，一往无前地向生命的尽头开去。

我不绝望，只是偶尔忧伤。

线路检修，一直都没电。点一盏蜡烛。看见阴影中的父母，他们都在慢慢苍老，他们需要我。四周都是黑暗，除了心中的一点灯火。我低下头去，看到自己摊开的掌心，纹路复杂，纵横交错。相书上说，这是残破的掌纹，经过流离失所，但最终幸福。是否可以相信，自己也不知道。

我只听见心中有个声音，在指引着我不断地走下去，走下去。

很少这样和父母面对面地聊天。他们是这样宽容，赋予了我一切。我想，等有一天他们老得走不动了，我会和他们一起坐在阳光下，细数着回忆里那些过去的时光。

生命就是这样一代又一代地延续，不计报酬，冷暖自知。

“后来，我终于学会了如何去爱，可惜你早已远去，消失在人海。

后来，终于在眼泪中明白，有些人一旦错过就不再。”听到这首歌时，我的心是那样柔软。想起了曾经的那个女生，她站在我面前，对我说“我爱你”；想起了在华山的峰顶上，我们拥抱着看云生云灭。那种柔情的爱已幻化成为永恒，根植在内心深处。我想，她给我的爱情永远也不会离开；可是后来她却走了。

时光苍凉。

关于永远，这是个很深奥的命题，但我很喜欢。永远到底有多远？陈妃平用它唱歌，安妮用它来写字。一切都是如此自然。仿佛生命中那个曾跟你肌肤相亲的人的气息，你在黑暗中，一转头就能闻到。可是摊开湿漉漉的手掌，滚落下来的只是水滴。

走在生命的道路上，我们相遇，然后又分开。彼此告别的那一刹那，我们知道永远到底会有多远了。

站在宿命的掌心

11 月的初冬，我揣着余杰的《香草山》和安妮宝贝的《蔷薇岛屿》不断地游走。许多人在旅途中流浪，不停地遭遇某些人，然后不停地分离。

后来才知道陪伴到终点的，只有自己。

我在每一个路过的咖啡屋里端坐，在随身的速写本上涂抹一朵花——暗夜悄然开放的黑精灵，然后撕下贴在橱窗的临街面。要画满 19 朵。

可终究等不到在上岛的重逢。

晚上噩梦，翻身从床上爬起，站在天台仰望，居然星斗满天，下面是深不可测的黑暗。

安妮说过，你可以试试飞行，像一只鸟。有一天我发现，飞行能带我脱离这里。

在黑暗中飞行的时候，我以为自己已经是一只鸟。可是它的方向是下坠的。所以就没有了远方。

远方是经年的影子，要在深夜里用寂寞凝望。

我是个用孤独姿态写作的男子——白昼的时间总是有限，而黑夜却广阔无边。

深夜凌晨一个人趴在窗台上抽烟，看着荒芜的深蓝天空。但我却相信，总有一些人，如我一样地醒着，无法入睡，也发不出声音。

爱情是什么?

杜拉斯说过，在自己面前应该一直留有一个地方，独自留在那里，然后去爱，不知道是什么，不知道是谁，不知道如何去爱，不知道可以爱多久，只是等待一次爱情，也许永远都没有人，可是这种等待就是爱情本身。

1

这一年的秋天，当炎热和烦躁逐渐消退的时候，我选择了离开。夜色笼罩的大街上，灯光阴暗，路面潮湿，行人像是开闸的潮水，涨满又散尽。站在十字街头的我，心情疲惫得如同一只搁浅的鱼。目光呆滞，身体僵硬，只剩下残破的灵魂在黑暗中一张一合地呼吸。

似乎没有刻骨的创痛就没有选择的勇气。在萧关上门，以一个背影的姿态离去时，我知道，我的世界重回到了原始的寂寞。

把自己锁在房间，拉上窗帘，不开灯。感觉一切的喧嚣都沉静了，激情涌退的沙滩上，除了泪水，别无他物。这样也好，再也没有了让我夜半梦醒的理由。黑暗中听见自己眼泪破碎的声音。

没了感情的生活是平淡的，不会觉得累。用了一个星期的时间说服父母，写辞职信，打点行李。我选择去另一个城市，很远，但很向往。

很小的时候，就喜欢上了飞行。常常一个人爬上阁楼，趴在窗户上，眺望城市上空的鸽群。那些翅膀下掩盖的温暖，那些呼啸着穿行的力量，总让我感动。我是一个很容易让感情沉沦的人。不敢面对，选择逃避，习惯了无法预知的寂寞。

一个暮色苍茫的时候，我踏在了另一个城市的天空下。所有的一切在我眼里如同幻影，没有温暖，失去拥抱。我是个早已习惯了寂寞的人，生命如我只是驿站，充满过客，没有终点。

租住房的前面是一大块菜地，推开窗便有潮湿而干净的空气。每天很早的时候，就有菜农在浇水，施肥，割新鲜的蔬菜，挑到集市上去卖。我喜欢那些鲜活的生命，如同年少时的梦想。

房东是个胖胖的女人，齐耳短发，笑容亲切。她总是向我提起她在外地读大学的女儿。她说，她的女儿也和我这般大，可惜父亲早逝，不然，她也应该还是撒娇的年龄。说这些的时候，她神色黯然，眼底开始泛起明晃晃的泪花。阳光透过窗户照在脚下，仍是温暖的。我想，虽然还有泪水，但她是幸福的，起码还有牵挂和希望。这是我比较喜欢的老年生活，守着一幢大大的房子，期待着儿女们的归来。也许这只是一场等待中的生命消耗，但过程却是温馨和安慰的。

脱离了复杂的生活后，我开始写作。这一直是我的愿望。记得读书的时候，作文总是能得奖，虽然奖品只是一些本子和笔，但仍能让我欣喜，毕竟我体会到了其中的乐趣。但那时的我只把我的日记给蔷薇看，她是我最好的朋友。我想她是能读懂我的灵魂的。

蔷薇说，你写的东西太忧郁了，让人心碎。我靠在她的肩上，仰望着深蓝的天空，心里渴望有一场大雨把我彻底淋湿。我的心像是晒干的茉莉，需要长时间的浸泡才会盛放如初。

或许只是一场宿命。郁说，让我腐烂。因为这样的一句话，我便和这个长发的阴郁男人有了无法解脱的联系。

认识郁是在酒吧。

那时，每晚 8 点，我都会在住处前的街口，等公车，然后投币，找到靠窗的第二个位置坐下。车上空荡荡的，只有几个寂寞的夜行者在夜色中如风般地上下车。在近 30 分钟的路途中，我始终只是侧着头看窗外，看那些闪烁的霓虹，看那些灯光下的饮食男女。心情淡然得如同一杯清水，任凭怎么摇晃都不会有一丝泡沫泛起。

酒吧有个很好听的名字——月光，很像贝多芬的曲子，典雅而不失悲怆。给我印象最深的是门口挂着的吉他，琴弦全都断了，萧瑟地垂下来，没有动作，却刺痛了我的心。这是我喜欢的感觉。

推开门，里面有幽暗的灯光。音乐是浮动着的，缠绕在每个人的身上。在没有演出之前，我都是坐在靠吧台角落的位置上，端一杯清水，任时光如鱼般地游过。周围有很多人，抽烟、喝酒、聊天。不过，我还是喜欢那些吧台边上的女子。双腿优雅地交叉着，有骄傲的眼神，不说话，笑起来有一种颓废的美。黑暗中微笑，是我向往的方式，虽然身份不明，但有快乐。

这家酒吧的老板叫苏，有着一张孩子般干净的脸，说话的声音很轻，神情透着恬淡，是一种不经世事的平静。记得第一次来这里，外面下着小雨。我漫无目的地走，然后看见了这里，便进来了，有一种神秘的感觉。苏走到我面前，透着微笑说：“请问您要些什么？”“一杯清水。”他看着我，仍是微笑。后来，苏跟我说：“你是个精灵，你用你的气质说话。”再一次去月光的时候，我趴在吧台上问苏：“你们这里要歌手吗？”苏很肯定地点头，这让我惊讶。

月光不大，但很有特色。苏说，他开这间酒吧的初衷是为了音乐。他曾是乐手，吉他弹得很流利。中间那个舞台是专门用来唱歌的。很可惜，半年后，乐队散了，只剩下孤零零的他。从此以后，舞台再也没人唱歌了。他也把吉他砸了，挂在了门口。听他说这些的时候，有点难过。苏仍是一脸平静，用手摸了摸鼻尖，转过身继续做他的事情。

每晚 10 点到 12 点，我都会在这里唱歌。歌曲很好听，是纯正的民谣。从《青春无悔》到《白衣飘飘的年代》，一遍又一遍，令我陶醉。读书的时候，就很喜欢高晓松的歌。可以整夜地听，然后失眠，被自己打动。那些眼泪是纯洁而透明的，留着一个年代的痕迹。

苏给我弹吉他，躲在灯光后面，眼神因专注而动情。通常，他都会把头发打湿，随意飘落。然后穿一件长袖的蓝色棉衬衣，戴一副黑框眼镜，斜坐在高脚椅上，身体在节奏中轻微摇晃。这种场景是温暖的，让时间忘记流动，让眼泪忘记温度。

时间长了，便有了依赖的感觉。似乎没有阴暗的灯光，没有流动的音乐，我的血液就是凝固的。有时候白天坐在桌前，什么也写不出来，便会穿越大半个城市来看他。外面阳光很好，公车拥挤喧嚣，我夹在忙乱的人群里，始终面带微笑。我的心情是好的。

白天的月光，是寂寞的。椅子全都倒放在桌子上，吧台上的杯子安静地站着，露出冷淡的眼神。苏的眼神有点疲惫，长期的夜生活让他不适应阳光的灿烂。他沉默的样子是纯净的，手指交叉放在膝上，背后是大片的阴影，有如某部电影中的情节，寂寞而温情。

我会要求苏搬张桌子去外面。我喜欢阳光照耀在脸上的感觉，好像一双温柔的手在轻轻抚摸。酒吧外的马路是寂静的，两旁是高高的法国梧桐。因为偏僻，这里行人很少，只是偶尔会有牵着蝴蝶犬的少妇走过，投来淡淡的笑容。她们脸上有长年化妆留下的痕迹，嘴唇是艳丽的，仿佛能脱离她的面容，独自存在于时光之中。

苏总是背朝着阳光，他的脸看上去是阴暗的。我说，你不应该是这样的人，你应该快乐。苏微笑，我能吗？我说，给我一个理由。

2

那个女孩叫舞月，而我喜欢叫她舞。我不知道她父母是怎样给她取上这么好听的名字的，但当我看到她的脸时，我的呼吸静止了。

我只记得她的手指很美。在明亮的灯光下，如花的根茎绚烂地伸展着。第一次见她时，她就是这样完美地出现在我的生命里。

那是一个为捐助残疾儿童而进行的义演。黎找来的活。黎是我们的鼓手。为此我们还写了一首歌。

义演的当天，人很多。小小的礼堂里，人声嘈杂，场面混乱。我们躲在后台，调试乐器，抽烟，说话。时间是漫无目的的，没有我们预想得单纯。过多的干扰，让我们心情郁闷。

风在发牢骚：早知道这样，就不来了，什么狗屁义演，我看就像是茶话会。黎看了他一眼，没有说话。接下来是沉默。大家都在极力压抑自己的情绪，不让它爆发。这是一个让我们厌倦的社会，我们的身体和灵魂与它划分了清晰的界限。

演出开始了，我们透过幕布能看清台上的表演。

舞是第五个出场的。单人舞——《迎风开放》。音乐是安静的，如水般流动。

我看到了她的手指，洁白而修长。手掌在风中如花般开放。眼神因为渴望变得潮湿，世界在她心中痛苦地微笑着。在长达 5 分钟的表演里，礼堂是安静的，只有美丽在空中穿梭。

此刻，整个世界静止了。

后台，有女孩冲上来向她祝贺，拥抱，打手势。快乐不言而喻。我惊呆了，完美的生命是有缺陷的。这种感觉让我疼痛。

黎走过来告诉我，她是聋哑学校的学生。我沉默，一根接一根地抽烟，汗水在额头上密密麻麻。有种感觉在告诉我，应该给她幸福。

那时，我高中毕业，无事可做，只有琴和音乐陪伴着我。父母离异，各自忙着自己的生活，除了给钱，从不给我幸福。我开始抽烟，在街上游荡，惹是生非。这是一种单调的生活，缺乏激情，逐渐堕落。

认识舞月，我感到了温暖和快乐。

舞喜欢看电影，至情至真的情节，让她感动。她告诉我，她只看人的眼睛，那是灵魂的出口。在黑暗的影院中，她握紧我的手，靠在我的肩膀上，在我的衣领后露出漆黑的眼睛。那些痛苦的别离，那些压抑的眼泪，让她颤抖。

我搂紧她细小的肩膀，感觉到了微微的抖动。有冰冷的水珠滴落在我的手指上，然后滚落到地上，像无声的歌曲，演绎着极速下坠的美丽。

看一场电影，体会一次生命的蜕变。我和舞就这样长久地待在故事里，无法清醒，逐渐沉迷。

舞时常会抱着我就突然地哭了。声音呜咽，像一只疲惫的蝴蝶。她的长发柔顺地淌在背上，泛起明亮的光泽。我抱紧她，感受她无声的痛苦。

我在纸上问她："你不快乐？"她说："我害怕分离。我感觉我们是两颗流星，在彼此交汇的刹那，擦出明亮的火花，然后又冰冷地分开。我经历了太多的别离，所以我害怕。"

她仰起头，睫毛上挂着晶莹的泪珠。无声，但温暖。我托起她的脸，轻轻地吻着那些泪水。然后对着她的眼睛说："舞，我爱你，永不分离。"

舞害怕孤独，在她的日记里我能真切地体会到。她的文字忧郁，充满了思念和幻想。从她懂事后，她知道她失去了生命中最宝贵的两样东西：母亲和听觉。母亲死于难产，以她的诞生来实现生命的延续和升华。母亲于她而言，是被夜半泪水打湿的梦境，遥远而深刻。父亲最终没能见证她的成长，带着深深的遗憾到另一个城市开始了新的生活。她的童年是在爷爷奶奶的掌心里度过的。这是一个大家庭，而她却感到寂寞。她开始恨这个世界，恨剥夺她快乐的神秘力量。她想，如果能主宰世界，她一定不会让它有痛苦。

我不清楚舞爱上我的理由。那一年，她 17 岁，有着逼人的青春气息；而我 20 岁，心正逐渐衰老。舞说，是我的眼神打动了她。“那是双天使的眼睛。看到它的时候，我感到了整个世界的荒芜，似乎可以一生一世。”所以，当我走过去，拉起她的手，对着满世界的喧嚣，在手心里写下永恒，她就感动了。

“你是个可以给我幸福的人，”舞说。

我能给她幸福吗？在无数个夜晚，我对着镜子问自己。然后，我感到生命的虚空。正如那些从我手心里流过的泪水一样，只是经过，没有停留。我有点悲伤。

于是，我带舞去各种地方。我想在未知的结果到来之前，挥霍所有的快乐。时间是生命的对手，我们等待超越。

透过干净的玻璃窗，看见舞是那样恬静。如瀑的黑发，明亮的眼睛，及踝的长裙。手工的布背包斜背在身前，双手摁在上面，是等待中的美丽。我透过玻璃窗看到这些，心中平静。然后举着两支蛋筒冰激凌，穿过大堂，走出肯德基的门口。

这些和舞在一起的细小情节，我无法忘记。

舞突然消失了，没有任何消息。我惶恐，不知所措。身体像被抽空了一样，失去知觉。我开始不出门。想她。

有电话打过来，不说话。只是有用手指敲打桌面的声音。一下、两下、三下，然后断了。我愕然。我知道是舞。这些都是我们的约定，她无法说出的感受。

我霎时泪流满面。

事情开始如我所想的那样发展。舞的家里知道我们在一起，极力反对。像我这样的人，是没有未来的。舞开始反抗，绝食，沉默。眼里有仇恨的泪水。他们把她关在家里，不让她见我。他们以为只要分开一段时间，就没事了。年少的爱情如同游戏，没有了玩伴也就结束了。

当我站在舞的家门口，按响门铃后，一场暴风雨向我袭来。偌大的客厅里有很多人，我像个惶恐的孩子，茫然失措。但我知道我来的目的，我只是想告诉他们，我是真心爱她的，我会有未来的。

我的声音因为急切而显得愤怒。

有人指责我，骂我是小流氓，叫我滚。我开始激动，脸上因为充血而变得通红。我无法控制自己，掀翻了桌子。接着，有人冲过来，给我耳光。我听到了杯子在我头上破碎的声音。有血从头上流下来，模糊了我的视线，整个世界一片混杂。

我开始绝望，呼吸粗重像一只野兽。恍惚之中有人推我。我从楼梯上滚了下去。在倒下的一瞬间，我听到了玻璃碎裂的声音和呜咽着的哭声。这一刻，我感到了安慰。

带着一身的血迹和泥泞，跌跌撞撞地回到了家，一头栽倒在床上。感觉世界在下沉，地面开始裂出无数个缝隙，我随时都可能跌落其中。我拼命想抓住什么，可什么也抓不住，除了泪水。

就这样昏迷了三天，以为再也不会醒来。睁开眼睛，周围是阴暗的。天空中有浓重的乌云，大片大片地游离。我的头好痛。心灵变得盲目。

黎告诉我，舞从天空飞落下来的样子，像一只美丽的蝴蝶。黑发在风中飘舞，如我们初见她时的模样。只是还有眼泪，不知道是告别，还是遗忘。

我沉默，一根接一根地抽烟。头上的伤口开始渗血，滴落在雪白的床单上，一滴、两滴、三滴……

我想起了她的日记。舞说，我开始相信宿命了，苏是不是上天烙在我身上的一块胎记，注定了是要相伴一生的？如果要把他从我的生命中剥离，必定是血淋淋的。

她还这样说：“我喜欢蝴蝶在空中飞舞的姿势，自由而欢乐。所以我常常在起风的时候，爬上平台，站在栏杆上张开双臂。很奇怪，我一点都不害怕。只是感觉这就像是一场宿命，我在等待结局。”

黑暗中，眼泪在心上破碎，下沉。

3

苏仍是一脸的平静，像是在讲一个故事。

“从此以后，我剪短了头发，不抽烟，穿干净的衣服。因为我答应过她，我要做一个健康的人。”

“然后，开这间酒吧，也仅仅是为了纪念她，为自己的灵魂找一个住所？”我问。

“是的。过平淡的生活是她的心愿。我希望我现在的生活能让她欣慰。”苏在阴影中的眼神有点孤寂。

说完这些，然后是很长一段时间的沉默。苏隔着桌子，长久地注视着我。他说，季，你知道吗，你很像她。你的手指、你的眼神，都很像她。

他伸出手来，轻轻地抚摸着我的手指。我感觉到了他指尖的温度。空气中有东西在逐渐扩散，让人沉沦。

我把另一只手盖在他的手上。苏，我不是一个容易让自己停留的人。我始终是在路上。你是一个让人心疼的男人，我喜欢你，但我无法爱你。

苏看着我的眼睛，缓缓地抽回他的手，仍是淡淡地微笑。他说，季，我也喜欢你。

在秋天即将结束的时候，我回了趟家。再回到月光，那里多了一个人。苏说，他是一个流浪诗人，暂时在这里停留。我看见他时，他正在擦地板。长而乱的头发垂下来，看不清他的脸庞。我坐在吧台边喝水，一直看他把地板仔仔细细地拖了三遍。我突然感觉他是个有故事的男人。

吃晚饭的时候，我坐在他的对面。他抬起头来看着我，眼睛里有流动的光。

我问他：“怎么称呼你？”

“郁。”

“什么郁？”

“阴郁。”

“为什么不是忧郁？”

他沉默。

他的眼睛很大，充满野性。下巴上一层短短的胡须，长发掩盖下来，有落拓的美。我对他笑了笑，他面无表情。

月光每晚又新加了一个节目。郁在狂躁的音乐中朗诵他的诗歌。这个神经质般的男人，在诗歌中像大海，时而静如止水，时而汹涌澎湃。

我清楚地记得他念的第一首诗：

让我腐烂 /
开在潮湿芬芳的泥土下面 /
广袤的田野像坟墓 /
抓紧我细小的衣领 /
所有的植物都在唱歌 /
放一把火 /
它们就睡了 /
可种子不睡 /
一睡就是一万年的结果 /
让我腐烂 /
身体是横在公路上的桥梁 /
渴望的人们匆匆走过 /
而你不能 /
你是从酒杯里生出的寂寞 /
我要你们害怕 /
纵使暴力也是软弱的 /
万物仍在生长 /
露水是唯一的干粮

郁用他的狂野闯进了我的生活。

郁是个很极端的人。他的世界似乎只有黑白两色，所以他长年穿黑色或白色的衣服。有时他一身的黑或白，让人感觉突兀，无法捉摸。

除了干活，郁就抱着一本书或一摞纸躲在房间里。他可以这样整天地看书、写诗。这样一个长期躲避阳光的男人，眼神忧郁，脸色如纸一般苍白，长发杂乱地生长着，散发着树叶枯败的气息。

天气开始慢慢变冷，有迁徙的鸟儿在天空飞过。苏说，我要去旅行了。我注视着他：他的眼睛仍是明亮的，闪动着迷人的光芒。我摸了摸他的脸，轻轻地说："你会幸福的。"

苏在这样一个没有阳光的下午，带着感伤和怀念消失了。

苏走后，我搬来了酒吧。这是间两层楼的旧房，砖混结构。很大，但略显阴暗。楼梯是木制的，踩上去咯吱作响。走廊的尽头是阳台，半圆的栏杆上摆满了花盆。扶在栏杆上可以看到马路上的车和人。我想，有阳光的时候，这里是温暖的。

我住在朝南的房间里。宽大明亮的窗户、落地的窗帘。风吹过的时候，窗帘飘起来，像儿时的裙摆。床头的墙上，挂了一幅很大的画：容颜干净的女子，眼神当中有淡淡的落寞。这是苏喜欢的感觉。

白天的时候，酒吧里只有我和郁两个人。郁是不出门的，他说他讨厌阳光。而我也只好停下写作，帮苏打点一切。通常这样的时候，阳光穿过门，照在地上，明晃晃的一片。郁坐在背对着门的角落里，沉默地抽烟。我站在吧台后面，擦着杯子，看着黑暗中的烟头忽明忽暗。我知道郁是寂寞的。

郁的诗越写越长，情绪也越来越坏。常常会莫名地发火，摔掉一些可以信手拿来的东西。在他平静下来的时候，我对他说，他难道知道我可以忍受你吗？郁抬头望着我，眼里闪过一丝温情，随后又黯淡下来。他的头发仍是很长，肆意地散乱着。我喜欢他的沉默。

月光又恢复了以前的样子。郁不再读诗，我也不再唱歌。苏走后，生意冷淡了许多。我开始想念起他来。“苏，你找到幸福了吗？”我在心里问。

4

天气越来越冷，空气中有了冬天的味道。我透过玻璃窗，看街上的人。街道依旧，只是他们都穿上了厚厚的冬装，在冷风中行色匆匆。冬天是个怀念的季节。

月光里的人又渐渐地多了起来。这里有暖气供应到深夜，是个聊天的好地方。长安就夹杂在其中。

长安是个干净的男孩。他是和朋友来这里的。他从不喝酒，每次只要热的果汁。初次见他的时候，他剪了头发。淡蓝色的羽绒外套，脖子上是一条方格围巾，双手插在口袋的样子，非常可爱。

九、十点钟的时候是最忙的。我在吧台后面煮咖啡、倒酒，有点焦头烂额。长安趴在吧台上，看着我手忙脚乱，脸上有甜甜的微笑。我抬起头看他："有事吗？"他眨了眨眼睛，笑着说："你的发夹很漂亮，能告诉我哪里买的吗？我想买一个送我的女朋友。她和你一样，也有漂亮的头发。"

长安的眼睛明亮纯净，看在人的脸上有暖暖的感觉。这一刻，我感到快乐。

"你喜欢长头发的女孩。"

"一种与生俱来的喜爱。似乎只有长发才能给我安慰。"

"那么你是很唯美的人了。"

"只是向往而已。生命不可能做到完美。每个人都在不断地编织梦想，我只不过是其中一个。"

“你叫什么？”

“长安。”

长安来这儿的次数越来越多了。有时是很多人，有时是一个人。他总是那样安静，不管是人多人少，他都坐在吧台边的高脚椅上，看我做事。偶尔空闲的时候，才和我聊天。我喜欢他这种性格的人，不纠缠、不厌倦，总是恰到好处。

大概认识长安半个月后的一天，他带了一个女孩过来。女孩的头发很长，直直地垂在肩上，染了板栗色。女孩不漂亮，但眼睛极好看，可以用顾盼生辉来形容。她看你的时候，你会忍不住多看两眼，有点情不自禁。我想这是长安爱上她的理由吧。

女孩穿宽脚牛仔裤，黄色线衫，黑色棉外套，浑身散发着青春的辛辣气息。她是个很难让人驾驭的女子。我有这种感觉。

长安一脸的快乐，拉着女孩的手走到吧台边，隔着吧台对我说：“季姐，这是我女朋友流离。她刚刚旅行回来。其实我早就想带她来见你了。”然后，侧过脸对流离说：“这是季姐，对我蛮好的，你也可以和她做朋友。”女孩看着我，把背包往桌子上一放，从里面掏出烟和打火机，递了一根给我。我微笑着说：“我不抽烟。流离，可以这样叫你吗？想喝点什么？”流离把烟夹在唇上点着，深深地吸了一口，吐出了浓浓的烟雾。

“咖啡，谢谢。”流离面无表情。

长安有点尴尬，在一边打圆场。“季姐，她就是这样的，你不要介意哦。”我对着长安笑了笑，继续低头做事。其实流离是我喜欢的女孩，不容易感动，容易沉沦。

整个晚上，流离都是沉默不言。除了翻看价目表，便是不停地抽烟。我注意到她抽烟的牌子，555，很男性化的口味。

长安话也很少，偶尔会对着流离说些什么。然后，便是双手端着杯子，看里面的液体四处流动。

临近午夜的时候，长安起身向我告别。流离在出门的刹那，转过头来看我。长发被门外的风吹得飘散起来，一副萧瑟的样子。我突然想起王菲的一首歌：《当时的月亮》。MV 里的她也是如此落寞，看了让人心碎。

半夜醒来，总能听见郁咳嗽的声音。重重的声音在走廊里回旋，像锤子一样砸在心上。郁每天都会抽很多的烟，修长的手指上结满了黄黄的色斑。他似乎对温度失去了知觉，仍穿着入秋时的黑色夹克。

和郁独处的时候，他总是沉默。他不停地抽烟，用长发和烟雾遮盖他的伤痛。我会静静地看着他。这样的男人是不需要同情的。

一个晴朗的日子，我去了繁华的步行街。冬日的阳光也是温暖的，照在路人茫然的脸上。我心情不错，看见德克士门口的跳舞小孩，我也会停下来微笑。身边是年轻的妈妈，脸上是幸福的笑容。我想，如果我有孩子了，我会不会也像她们一样。

我帮郁买了一件黑色的棉衣，大方格的褐色围巾，灰色的手套。这些都是他需要的。路过黄庆仁药栈时，我买了一瓶止咳露。郁每天晚上咳嗽的时间越来越长了。我知道他是不会去医院的。

5

冬天的雨是冰冷的，有季节的生硬气息。郁坐在窗前，看雨水在玻璃窗上泪流满面。他抽烟的手一直在颤抖，脸色如纸般苍白。这是我所没看见过的。有椅子摔落的声音。郁起身，步伐趔趄。他冲进了雨中。我追了上去。空旷的街道上，天空在哭泣。

我有揪心的疼痛。

泥泞之中，郁跌倒在地，长发散乱地遮盖住他的脸。大颗的水珠在他的脸上、身上溅开，像一朵朵荼蘼的花。我伏在他的身上，他的身体是温暖的，我听见了呜咽的声音。雨水中，他像一个脆弱的孩子。

这个夜晚，郁一直紧紧地抱着我，我闻到了他头发里深藏的伤痛。他的眼里有泪水，像黑暗中欲开的花。

“也是这样的一个冬天，阳光很好，百合的脸是美丽的，只有一丝丝的疲倦。我和她走在去医院的路上。她始终靠在我的肩头，像两棵温暖的树。

“百合说：‘郁，我们还是生下来吧。’

“‘那学校怎么办？’

“百合低头不语。

“我把手绕过她的肩头，用手背摩擦她的脸。‘百合，我答应你，我们一毕业就结婚。如果有孩子我们就生下来。’

“百合转过头看我，眼睛纯净透明。我的心有隐隐的痛。

“医院的走廊里挤满了等待的男人。我的长发和衣着让人侧目。我站在角落里不停地抽烟，强忍着泪水。百合在进手术室前向我微笑：‘郁，你再抱抱我。’我抱紧了百合弱小的身体。

“天空变得阴暗起来，大片的乌云触目惊心。走廊里传来百合的叫声。手术室里一片混乱。我冲了进去。

“白色的床单上是大片大片的鲜血。被血浸湿的药棉，内脏般地抛散在地上，写满了惊奇。医生慌张的脸。冰冷的手术钳。我呆立在旁边，体会生命的无能为力。

“然后，我看见了百合因失血过多而无比苍白的脸。此刻，她是安静的，没有了生命的疼痛。我用手去抚摸她的嘴唇，一手的冰凉。

“有大颗的雨珠打在玻璃窗上，像是百合依依不舍的诉说。郁，我想要这个孩子。”

长安经常会和流离来。长安帮我招呼客人，流离则坐在吧台上，抽烟、听歌。偶尔会分给郁一根烟。郁不说话，用眼睛看着她。流离嘴角会露出诡异的笑容，也直直地看着他，然后掏出打火机帮郁点着。

长安远远地看着这一切。

我问长安："你们有爱情吗？"

"流离曾有过我的孩子。我们是中学时的同学，然后一起读的大学。6 年的感情了，现在说放也放不了了。"

"你能确定她把灵魂给了你？"

"她一直都是个怪异的女孩。从小到大，冷漠、不羁、让人无法捉摸。她说她最大的快乐是不停留地旅行，放逐自己的身体。我想我能给她快乐。"

"她快乐吗？"

长安的眼神开始黯淡下来。

"我不知道怎样才能给她快乐。她不喜欢工作，没有稳固的生活方式，常常一个人去旅行，到很远很远的地方。突然消失，突然出现，让我无所适从。我没有办法去满足她的要求，这些常会让我疲倦。"

我无言。长安是一个生活在阳光底下的人。思想健康、生活安稳，他永远也无法懂得另一种生活。正如我、郁和流离。

流离会在下午的时候来找郁，这是我意料之中的事情。她和郁坐在角落里抽烟。同样的黑色棉衣，同样冷漠的面孔。他们像两只受伤的动物，挤在一起彼此安慰。

郁会和流离出门，拿着那本厚厚的骆一禾的诗集。郁在前面，流离在后面。在门口的时候，流离会转过头来看我，脸上有怪异的表情。

我的心有点痛。我知道我无法再走进他们的生活。正如长安无法走进流离的生活。

长安和流离还是会来，只是大家都很沉默。打烊的时候，我们坐在一起。我提议大家喝点酒。郁起身去吧台，拿了一瓶二锅头、一瓶雪碧、四个杯子。他说，他在北方的时候，那里的朋友都是这样喝酒的。他往酒杯里倒酒，然后加雪碧，用一张垫纸盖着。拿起杯子往桌上一蹾，泡沫就沿着杯沿流了下来。郁端起来一饮而尽。

那晚，我们都喝醉了。长安吐了一地，迷迷糊糊地说："流离，你要我怎样做，你才会快乐？"然后，眼泪就扑簌簌地掉了下来。流离看着泪水中的长安，苦苦地笑着。那一刻，所有的一切都如飘在风中的纸片，被一页一页地撕碎。

第二天，流离来找我。发梢有眼泪打湿的痕迹。她坐在我的对面，拼命地抽烟。“季，我和长安分手了。”

“你只不过是在等待。”

“我不想伤害他。但是没用，这种结果是注定的。他无法懂得我的感情。”

“郁懂吗？”

“懂。”

“那就够了。”

这一下午的时间是在沉默中度过的。黑暗渐渐笼罩了整个世界。流离像是一团烟雾，在空中慢慢飘散开来。我有点茫然。

报纸上刊登有人自杀的消息：一个男子从高楼下坠。有人说，他死之前眼里充满恐惧。只是他在丧失了爱情之后，已无路可退了。这都是一些纵身扑入的人，在结局里面一无所有。

郁请我吃晚饭，在一家干净的饭馆。郁不停地喝酒、抽烟。一贯的沉默。

“你要走了？”我抬起头望着他。他的眼睛是迷人的，透着忧郁。

“季，我们都是停不下来的人。我们常常会对所有的事情厌倦，包括自己的身体。所以我们一直都在路上。当初，看见你时，我以为我会留下，穷尽一生；但是不能。我们都是凭感觉生活的人，最后的结局只能是伤害。”

我站起来，走到郁的旁边。他的脸在暗淡的灯光下，显得英俊。我伸出手去抚摸他的脸，手指上有眼泪的温度。

郁走了。流离走了。

春天也快要来了。

他们走后的春天，苏旅行了一圈回来了，脸上满是疲惫。苏坐在明亮的阳光下，脸上是更为平静的笑容。苏说：“在五台山的那段日子，我很快乐，因为我终于明白了很多道理。我开始相信宿命。”

宿命张开手掌，我们跌落其中。

我要的爱情

忧伤的天空

满屋子的漆黑，我在镜子前看不清自己的容颜。轻轻的一声叹息，点亮一盏昏黄的灯。手里的咖啡有一些凉了，白褐色的泡沫似乎凝固了起来。对面的墙上是在 IKEA 购买的挂表，天蓝色，指针定格在 11 点 51 分。空气粗暴的热，汗从额头上渗出，然后从我的脸上坠落，离开我的皮肤。我把窗户打开，把头伸出窗外，狠狠地呼吸，仿佛一个刚刚浮出水面的潜水者。远处有遥远的星光，闪烁着暗淡的光，它们是天空的眼睛，忧伤成为底色。

给我一点音乐。于是林俊杰清澈的声音在房间里迂回。背景淡淡的，并不引人沉堕，音乐里的痛都显得优雅与从容。伴着节奏，打开电脑，习惯性地点击收藏夹里熟悉的 IE，那里总有我喜欢的人和文字。“你总是在我的记忆中和时间赛跑，不干胶似的贴着我的胸口，每呼吸一下就会感觉到一阵疼痛。可又能怎样呢？我一次次地伸手，换来一段段的失落。这样的片段，就像你曾经写给我的诗句，纸片一般地散落在水中，逐渐模糊了字迹。我触摸不到你肌肤的温度，也闻不到你呼吸中的清香。我闭上眼睛，在黑漆漆的墙上描画你的样子。我都快记不得了。”虚幻的意境里，我闻到爱情诡异的香味。我想象着一个寂寞的男孩子抱着膝盖，坐在清冷的操场上，紧闭着眼睛，等待一个女孩的吻。我看着他们的表演，微微地笑了。

把咖啡加了些热水，看见白色的蒸气，喝一口，我有些困了。写字是一个背叛睡眠的过程，与它表面所呈现出来的东西是不一样的。

我在一篇文章里写道："爱情是一场充满温度的游戏。"而其中所有的情节，都只能在冰点与沸点之间轮回。

我想起我爱过的女生，她穿蓝色的牛仔裤和红色帆布鞋，她听后街男孩的歌，她看有迈克尔·乔丹参加的篮球赛。她看我的时候有轻松的笑容，她生气的时候会沉默一整个下午。我总是让她靠在我的怀里，她会亲我的脖子。

回忆是一种顽固的病，总是重复。

在一个飘着雪的冬天，她选择离开，带着彼此的眼泪和祝福。那一次的告别，我不愿意相信它会是无奈的决绝。我希望能再见到她。可是她如同一只沉入海水的鱼，失去了回声，只有寂静。我选择等待，一个春天一个秋天，一个秋天又一个春天。终于，当我再看见她的时候，她的手被握在了另一个男生的手里，背影很冷。

从那时候起，我开始慢慢地喜欢上酒精，一场宿醉连一场宿醉，自己和自己酒逢知己。我不愿意见到别人，这是我一个人的事情。我开始怕光，墨镜成为我最依赖的武装。想到王家卫，那个善于在黑暗里编织剧情的男人，我们成为同类。一次又一次，我沦陷在他的镜头里。终于这一次，我迷失在自己营造的黑色爱情里。

流星划过与春天有关的记忆

老 K 告诉我，晚上会有流星雨，它象征着浪漫的爱情。第一个感觉：我想要去看。我是一个容易被浪漫击倒的人。

三叶草连帽衫，KHULE 水洗布裤子，OXYGEN 帆布鞋，镜子里的我是一个青涩的少年。我喜欢自己这样的形象，淡淡张扬的休闲感觉。

拥挤的地铁上，都是些年轻的容颜。坐着、站着、拥抱着，一切都很温柔。流星划过的夜晚，一切都和浪漫有关。我忍不住笑了。地下铁的尽头，列车从地下驰入地上，我很喜欢这突然冲上去的感觉，力量感和速度感都让我兴奋。沿着马路再走大约 10 分钟的路程，有一个开阔的广场。广场里塞满了人，都在仰着头看着黑蓝色的天空。天空那么深邃，距离感使我觉得沉重。天空上有闪烁的星辰，它们遥远而明亮，我也跻身在人群里，抬起头，期待浪漫的流星群。空气里流过风的声音，我重复着低头和抬头的动作，觉得自己已经在时间里静静地走了很远。

后边仍然不断地有人涌入，广场里的人在被动地移动着自己的位置。我的手忽然被轻轻地碰触了一下，回头的时候，我看见一张纯净如水的脸。她穿粉红色的衬衣，白蓝色的牛仔裤，有柔和的眼神。我们看着彼此的眼睛，世界停止在这个邂逅的瞬间。我笑了。

当我牵起她的手，周围爆发出一阵惊呼，所有的眼睛都望向了天空，一束束流星划过夜空，带着明亮的轨迹。许多孩子双手合十，他们在祈祷爱情，一如流星般灿烂，即使短暂，也有最璀璨的光环。

她的手指被我紧紧地攥住，她说你轻点，有些疼。她把头靠在我的怀里，告诉我她是处女座的，喜欢浪漫。为了目击这场流星雨，她等了一个又一个春天。我把一只手放在她的肩胛骨上，她很瘦，可是身材匀称。她把头扭过来，慢慢地闭上眼睛。近了，我看见她的唇上涂着粉红色的唇彩，在黑暗里别样晶莹。

我想我喜欢她。我们跌倒在散发着清香的草坪中。

我要的爱情，与流星、春天、夜晚有关。

流星划过与春天有关的记忆

等了一整个冬天 / 记忆跟随着影子走向边缘 /

听完一首悲伤的歌 / 孤独就开始不断地循环 /

终于 / 眼泪也不能证明谁的那些无助的从前 /
我把云还给了天空 / 把水还给了海洋 /
可是 / 却仍然画不出你依稀的模样 /
那些灰色的时间 / 那些寂寞的流连 /
踩着一个又一个的倒影 / 走进了最初的黎明 /
流星终于来了 /
春天终于也还是来了 /
当流星划过春天的夜晚 /
是否能够披上一身的温暖

后来，爱是什么颜色

提着皮包，站在暮色四起的街头，我竟突然地感伤起来。想起这么长时间的歌舞升平，那些带着烟酒味的饱嗝像是泡泡一样，飘浮在空中，迷离而不真实。

一辆车在身边急驰而过，卷起的水珠溅了我一脸。我愣愣地看了一下，叹了口气继续往前走着。路过一面大的橱窗，我侧过头来看。瘦削的脸，短而干净的头发，笔挺的衬衫。一切都和平常一样。我应该还是那个领导赏识、女同事青睐的男人。可是，那双眼睛里却少了以往的锐气，明净如一面湖水，沉默无声。此时，忧伤像一支离弦的箭，悄然地射中了我。

买了一杯咖啡。端起的瞬间，手却不由自主地抖动了一下。因为，此时店堂里传来的是那首《后来》。“后来，我终于学会了如何去爱，可惜你早已远去，消失在人海。后来，终于在眼泪中明白，有些人一旦错过就不再。”就这样呆立在那里，突然之间，语言消失了。时间像河流一样在身旁滑过，我能听到那簌簌的声音。可亲爱的你，此刻竟然不在我的身旁，我伸出的手什么都没有抓住，只是一个孤单的姿势。

我以为有太多的事情是难以把握的，它们都会瞬间离开我，令我一无所有。而唯独你不会。你始终都会站在离我一步之遥的地方，当我转过身的时候就能看到你。可是，我现在站在人群里，却把你丢失了。你应该去了一个很远的城市吧。我竟然什么都不知道，只会傻傻地对着天空发呆。想起你的时候，心里会疼。

刘若英的歌真是好听，我却错过了这么长的时间。后来，我终于学会了如何去爱，可是，已没有了后来。

走到街角，我背着风点起一根烟。纤细的手指夹烟的样子，是挺好看的，只是太寂寞了，像是一只失语的蝴蝶。一对年轻的情侣从身边走过，脸上有幸福的笑容，手紧紧地握在一起。温暖的感觉。我低下头，轻轻地叹气。有很长时间没有人再这样地握我的手了。一只手重叠在另一只手心里，潮湿、温暖，似乎透过皮肤都能体会到血脉的跳动。

没有人知道，这种心灵的寂寞有多沉重。

记得那年和她在学校的操场上，背对而坐。天空蓝得清澈，似乎能看到深藏的眼泪。阳光灿烂，风中有花香。她问我："你觉得爱情是什么颜色的？"我低下头想，然后回答她："在我的感觉里，它应该是粉红色的，像是冬夜里的一床暖被，盖在身上，可以如此安心地睡去。"她仰着头说："我想它是白色的吧，单纯得没有一丝瑕疵。就像是两个人背靠着背，然后一直到地老天荒。"我回转身来，搂住她的脖子，眼睛潮湿无比。

可一切都还是走远了。年少的爱情，单纯，但却苍白。挥一挥手，就能莫名地散去。

偶尔会想，如果能够重来一次，我的世界会不会是另一种颜色呢？窗外突然疾风骤雨，整个天地在喧嚣中变得沉寂。我抱紧了自己的双肩，心头的酸楚淡淡地浮上来。

这是个不被允许有怨言的世界。对于一切，我们都无能为力。

在爱情里，再明亮的颜色最终也会黯淡。原来，没有什么可以敌过时光的荒芜。

附录：我们眼中的纯白

有一种颜色叫纯白

壁虎

我常常把自己比喻为黑暗里游走的虫子，披着冰冷的外衣，在暗夜里靠一点微光取暖。我偏爱冷调的色彩，墨黑、海水蓝、深紫，或者是凄艳触目的血色红。这样浓重的颜色铺天盖地地袭来，像一张细密的网笼罩着我的思维，然后感觉到心里的寒冷在逐渐扩散，以至沉沦。如果要让我选择一种颜色来代表自己，那一定是漫漫无尽的黑。红色太热烈，白色太清淡，黄色太暧昧，它们都不足以表达我心中的想法。我是个太习惯黑暗的人，走着走着就深陷其中，无法自拔。我也渴望生命中澄明的部分，可是太激烈，不容易得到。

于是我选择了文字，用它来呼吸，靠它来取暖。我不断地写字，用自己的方式，在幽深寂静的海底潜伏。有很多的鱼儿在身边游动，没有声音，只是在眼神短暂地交错后，迅速消失，不再回来。我想我是寂寞着的。即使有着如花的笑容，也只是空虚的假象。

当这个秋天，满街都是暧昧、暖眼的黄色时，有这样一个孩子在我的眼底打上了一抹纯白色。他的文字华美着我的心灵，让我突然温暖起来。

一直以为自己是个特立独行的人，只被自己心里的渴望淹没。时常想在身边找到一个真正可以说话的人，即使沉默着，能感觉到对方的呼吸，也会心里平静。可是没有找到，我不断地走着，不断地在风声里听到自己心里的声音。而我遇见了纯白色。在这样空灵而寂静的文字里，我像是看到长久跋涉后的第一片海洋，迫不及待地扑进了他的怀抱。在蔚蓝的海底，他轻触着我生命中最柔软的地方。我们都是灵魂相通的孩子，很容易就到达了彼此的心灵深处。

很久没有体会到这种快慰了。从文字里读懂一个人的心，然后又被文字深深地感染。我知道这种指引仅仅凭着气息，就能找到水草丰盛的地方。他带领我们穿越层层迷雾，在高高的山冈上，迎着风声，滑落寂寞的泪滴。我们都是些脆弱的孩子，在现实中迷失了方向，靠着文字的光亮，在前行的路途上渐行渐近。

很多人都说我的文字是绝望的，像是困在幽深阴暗的山谷里没有出口。我只是一次次地让他们疼痛，让伤口在愈合之后又被撕裂。这都是我无法控制的东西，我有点无措，张开掌心，不知道需要的是什么。纯白他告诉我，给自己留个出口，灵魂才不会窒息。虽是同样寂寞忧伤的文字，纯白却让它们在苦痛之后仍充满希望。像是一片雨后的森林，更加苍翠、碧绿；而我就在这样的明亮里一点点地开朗起来。

思索了很久，不知道该如何去描写我眼中的纯白。写他的自恋，写他的唯美，还是写他的忧伤。或许对于他，任何的文字都显得有点力不从心。这样一个有着水仙花情结的大男孩，带着忧郁的表情，在自我的文字里优雅地颓废着。我不知道在即将到来的时光里，他会有怎样的幸福。但我相信，在继续前行的路途中，在他转身回头的那一刹那，他眼里的明亮足以让我的心变得温暖起来。这，就已经足够。

文字表达的方式有很多种，我想如果用颜色来标明的话，那纯白色的文字正如他的名字一样，是一种纯净之后的简明。不需要太多的言语，只需要在如水般静静流泻的思绪里，感受着华美之中的忧伤。

而我也终于知道了在这个秋天，那抹让我温暖的颜色叫作纯白。

爱上一个宛若精灵，纯白而洁净的男子

雨露

如果可以将男子比作花，那他必然是孤立于峭壁之上的纯白百合；如果可以将男子化为水，那他肯定是山中清泉间的精灵。

在这红尘俗世，从未见过如此纯净的男子。修长的手指，清澈的眼

神，温柔的声音。如阳光般温暖却又不灼热，如月光般柔和却又不清冷。

他是一个精灵，没有翅膀，却可以用笔下的文字在我心中飞舞。

无法拥有这样的男子，即使心动，也要保持距离，那种若即若离让人心痛。但有时，欣赏才能让一切永远地保持完美。

就如花，采了，也就凋谢了。

就当他是上帝带给人间的礼物，愿来世我也可以得到这样一对翅膀。

纯白如雪

穿行

吸进的冷气带着刺痛穿过鼻喉脏腑，呼出的寒气会在发梢上迅速凝结成霜。好多年没有经历这样严峻的冬了，地道的冬就是要冷得透彻。谁能想象在这样的冰冻过后就是枝叶狂长的季节。我的想象力被暂时冻结了，对于长年生活在东北的我来说，四季的更替流转从来都是那么从容不迫，我从不担心冬季过后的春天会否从屋檐上的雪水里飞溅下来。我坚信春光势必会给我一个结实而温暖的拥抱。

我喜欢静静追随这个季节的别样烂漫。每一场雪都是一场倾情的舞蹈。雨雪的缠绵、清雪的桀骜、鹅毛雪的曼妙，有着妩媚的体态和轻盈的律动，在纯净的天地间，雪是燃烧的精灵，燃点在零度以下。

冬是为着春天的生成而单纯着，春是在冬的孕育和期待中的即将发生，这是这个季节苦涩而甜蜜的等待过程，是文字如雪的时刻。

在那些没有雪落的日子，空气里浮动着冰冷的灰尘，却不下落，我也会感到落寞。

在网络中行走，我用“穿行”这个名字划破长空，希望能直达人心。十指轻击，有了回应就有了吹雪一样的快乐。

我为一个洁净的名字驻足——纯白色。

《纯白如我》，我晓得我遇上了一个英俊的名字。我始终相信，并不是我们选择了文字，而是文字选择了我们，所以，一个人能够遇上另一个人也是应了这个道理吧。

阅读着纯白色，我有了一种纷纷扬扬的感觉。在世界的一角，他冷僻的眼神与我有过似曾相识的片刻摩擦。睫毛上粘着湿亮晶莹的水珠，透过这双清澈明亮的眼睛，我看到了纯白色的世界。严冬里来了场温润的雪。

纯白如雪。

纯白色带着如雪的文字来到我的生活，吸引我进入另一个世界。那是文字的境界，也是一颗心的境界。

读着纯白色的文字，我才晓得我现在的生活是多么局限，我的神经几乎钝化，我的文字依然羞涩，我的想象正在匮乏。

绚丽飘逸是他的文字，而纯净忧郁是他的心。他是 E 时代的少年，寻找着标明他格调的识别符号并钟爱它。他网络，他前卫，他时尚，他快乐，他感伤。

文风的唯美主张与他的内敛气质相结合，形成了作品独特的现代浪漫气息。

纯白说，他的文字是开口的，沿着它可以把摸他的心脉，顺着文字的开口处可以明白无误地解读他的心。我忽然震惊了。在这个抒情泛滥的年代，人们以混沌不清的表达为乐，然而还有谁愿意将自己的心完全打开，如一张桌布一样地铺展开来摆在人面前，渴望被人读走（《伴我到天明》)。纯白的内心有一个纯净的期待，关于生活、爱和完美。真不知道身处物欲横流的世界，是什么力量使得他的内心如此纯洁。他以文字的方式昭示着自己对生命所保持的最原始、最纯真、最热烈、最美好的欲望。(《二十七米深蓝》)

有时，现代生活里的潜伏的亚状态也会钻出来袭击他的理想，使他感到落寞，他挣脱的情绪在液晶屏上铺张、蔓延，内心里每一次微小的战栗，每一次努力的挣扎都可以化作一行摄人心魄的美丽文字（《开往春天的地铁》)，都是心的一场场倾情舞蹈。落幕后会有持久的震颤在观者心中迂回。然而在落寞以后，我们却是越来越清晰地读到了他的坚持、隐忍和宽厚。(《爱到二分之一后》《半支烟》)他用书写作为等待的诚意。《七年》《逝》让我了解到人心可以有多纯粹。

我给了他掌声，为一个纯洁的孩子。

纯白是一个让人心疼的孩子。不止一个朋友这样说过。对待他的朋友，对待他的网络事业，对待他理想中的生活状态，纯白都是那么执着一念，他毫不吝惜地付出他的心血和真挚。他的务实、守约和对待世事的诚恳，又与他身处的世俗大不相同，所以这是他最使我觉得珍贵和感动的地方。

新年就要来临，意味着冬的结束、春的开始。年是一个讯息。

送给纯白的新年问候里只有一句话：“亲手写一张卡，奢望它能温暖你一整年！”

在我看来，文字的过程正是春天孕育的过程。

纯白如雪，在零度以下做一个燃烧的精灵！

相信春天会给每一个热爱生活的人一个结实而温暖的拥抱。

但愿那时看你枝叶狂长。

花言巧语——给纯白

玫瑰花

看见论坛上有那么多的人都在说着纯白色，似乎谈论纯白以及他的文字已经成为网络生活中的一种时尚。想想黑名单上的ROSE也该出来说话了，就取题作“花言巧语”吧。

写这些文字的时候，脚边伏着一条叫“花”的小狗。敲击键盘的声音在此时是很微弱的，因为通常客厅的电视永远是大声而嘈杂的。不在电脑前的我便一定慵懒地躺在沙发上，远远地遥控着那方寸荧屏。这样的一个孤独观者，总是抱着一个娃娃沉浸在它上演的悲欢离合的剧情中——其实谁又是真正的演者？在惊觉眼角萌出一份湿意的时候，黯然我的观众又在何处？

我曾自嘲，人们在自哀自怨的时候再抹些胭脂水粉便可以涂鸦成无病呻吟的小资文字，我也是其中一员，在堆砌华丽辞藻的时候常常自己都感到失落万分。把自己在文章里撕裂了无数次后，我终于放弃一种心情，只在午夜行走，恰好那个时候，纯白说："我喜欢这样彼此潜伏的状态。极度错乱的时候，就能体会到一种错位的美。"

纯白的文字华丽而宁静，自恋却不张扬，迷恋那段日子，常常在深夜打开纯白的世界，阅读他的忧伤。空灵又直指人心的文字，仿佛读到了自己的灵魂。很多感觉、很多声音，只藏在心底，无从用语言和文字来表达。让人落泪的同时感到温暖，很轻易地得到灵魂的慰藉。

我知道在网络上能彼此阅读心灵的人不算太多，而对于一些明知永远不可能与之有交集的人，我有时也会嬉笑怒骂地调侃一番，那是因为最初的寂寞。网络其实像一柄双刃剑，用雪亮的刀锋切割着一种都市情绪，而爱情更像刚出炉的面包随处可见，在填补人类空虚的同时还泛着诱人的香气。纯白则不同，他坚持行走在一条唯美的大路上，寻找着一个如水的女生倾听他的声音，期待着能与她携手同游于天地之间，用着自己的方式。所以，当我经历太多不说一句再见的告别、永别，对那些陌生 ID 的情谊已经看得很浅的时候，他却开始认真地和我通信，犹如一个风度翩翩的绅士。

但我一直固执地认为，有些人在我们的生命中出现，注定如流星般刹那陨落，不留一丝痕迹的。这可能是我永远的心结。

纯白的声音是那种北方男孩子特有的爽朗音色，标准普通话，令人遐想。我曾固执地不要看他的照片，因为太多现实的东西会破坏想象中的美好。偶尔在网上用文字问候对方，然后开始想象，想象着他在的城市有怎样一种完美的思念指数，想象乘着一个热气球从中国的南方乘风飘到那个风沙肆虐的北方城市，在天安门前的广场，我就那么雄赳赳地从气球上跳下来，把手伸给他，而纯白会不会勇敢地给我一个大大的拥抱呢？——呵呵，希望是在夜里，满天的星星，挺直的国旗杆，那样就很好。

思绪飞得远了。终究还得回到网络。纯白曾经跟我说要相信心灵的力量。这个时代，空间和时间的距离在抹杀我们纯洁的感情，物质和精神的世界在现实的漂染下已不再纯白。不少的人在网络上来来去去，鲜活地存在，而又蒸发在网络的罅隙里。我曾痛恨在网上这么漫无目的流浪的时光，可又无法离开它。网络是灵魂的可卡因，它也只是我们漂泊的一个舞台。

我想纯白亦如此，仅仅只是为了在网络上流浪。说过的话、爱过的人、彼此慰藉过的灵魂，已不知他们离去的方向。只有我和纯白这样的孩子，还在这里默默地坚持，迷惘地等待着。

太过接近真实的东西往往让人迷失，找不到方向的感觉是可怕的。

安妮宝贝说过，生命本是种幻觉。可是我却那么强烈地需要你。

纯白亦说过，当你读我的文字，当你在我的身边，我都会感觉到温暖。

在淡淡的忧伤里，悄悄地爱上纯白色

思思

二月北京的夜依然是冷的，小屋的窗户被寒风刮得呼呼直响。暖气不是很好，我戴着一副薄薄的手套，紫红色，手指在键盘上舞动，敲出清脆的声音。倾听着，觉得温暖。

经历了梦魇般的七月，我走进了向往已久的象牙塔。美丽的校园有绿色的草坪、白发的先生，以及黄色的砖头地面，我终于可以自由地呼吸。

像梦里发生的一样，我拥有了五彩斑斓的世界。

再回头去看自己的中学时代，仿佛已是很遥远的事情。

床头上有一张我还扎辫子时候的照片，照片里的我笑容天真。十几岁的日子，竟然在一瞬间悄无声息地和我离别。

现在我把头发剪了，垂到颈的长度，有风的时候会微微地飘起来。他们说我是个单纯的女孩。

我学的是英语专业，一天24小时都戴着MP3，美国人的语调和发音让我着迷，我可以不厌其烦地听。休息的时候我听许巍的音乐，这个西安的男人用一种质朴的声音诠释时光的苍凉，轻轻的吉他声和毫无技巧的吟唱，告诉我们生活中存在着许多沉淀过的忧伤。

我承认我喜欢忧伤多于快乐，就像我喜欢下雨天多于艳阳天。

偶然中，我在一个BBS上读到了纯白色和他笔下娓娓的文字，是我喜欢的那种味道。淡淡的忧伤，不激烈，但是气息悠长。

从此我成了这个论坛的常客，关注着纯白色和他所有形形色色的文字。

读纯白色的文字就像是在浩瀚的天空里体验飞翔，我常常在阅读里忘记了一切，只能看见纯白描绘的风景。我相信纯白一定有一颗敏感的心灵和明净的眼睛，写出的文字才会如此透明。像冰山上开放的雪莲，与尘世无关。

第一次读纯白色的文章是在学校的机房，题目是“凌晨、眼泪、我的心情”，那天下着一点小雨，空气里浮现暧昧的气味，聆听着纯白在夜与昼交替的时间里记录的心语，我渐渐迷失在纷乱的情绪里。一直都觉得自己是一个习惯了孤单的女生，可是我找不到坚持的理由。而纯白，用文字进入了我的心，如丝如扣地诠释了我最想表达的声音。

无声的眼泪落在了我的手背上，我希望我可以陪纯白色一起走过凌晨的孤寂。

现在读纯白的文字已经成为我生命中的习惯，总是在最安静的时间里温习纯白色。那些华美的片段像是爱情电影里最具观赏力的镜头，溶解在眼神里，幻化成一种明亮。

我觉得快乐。

如果纯白色是灵魂的舞者，我愿意做他最虔诚的观众。

好像论坛里贴出过纯白色的照片，可惜我没有看到。想象中纯白应该是一个清瘦的大男孩，五官干净，穿白色的棉布衬衫和浅蓝色的牛仔裤，笑容真诚。

隔着网络，我知道纯白色距离我并不遥远。也许，我们就生活在同一个城市；也许，我们曾经在某一条街道上擦肩。

喜欢纯白的坦荡和他在网络中的肆意。朋友们眼中的纯白色夸张而生动，“黑名单”上的伟哥和马才写的《纯白如此》《有关纯白色的故事》，让我看到了关于纯白的爱情和其他。纯白的真实让我感动，即使他有时候也如孩子般脆弱。那一场风花雪月的爱情往事孕育了纯白色性格里挥之不去的忧伤，同时也使纯白在人群里显得那么与众不同。孤独成坚硬，然后守望爱情，纯白色是我梦里温柔的英雄。

学校里的东在拼命地追我，他很高，也很帅，经常在草坪上弹吉他唱歌给我听。可是我总是沉默，在东的歌声里我找不到我想要的忧伤。圣诞节的时候，东托人送给我一束火红的玫瑰，然后给我打电话，说在东方新天地的“不见不散”等我。电话里我静寂了很久，然后我说我在读纯白色的《开往春天的地铁》，希望你也要有纯白一样纯净的心灵。挂掉电话，我忽然流泪了。纯白，我知道你比我还要孤独。

后来，我读纯白色的小说《伴我到天明》，又是一场梦幻和现实的纠缠，宛如一个精致的偶像剧，所有的细节都在想象里延长。当主人公站在高高的阳台上将爱情撕碎的时候，我能隐隐地感觉到来自纯白内心的钝痛。爱情是如此完美，而现实却只有沉重。如果我给你一双手，你是否会带我去看梦中那白色的海洋。

一直都想为纯白色写一点什么，却始终没有落笔，因为自己习惯了沉默，也怕嘈杂声惊动了纯白色不染尘埃的心。但是，《一个人的天荒地老》改变了我的初衷，那些个细碎的句子、飘零的情绪像一根根被火苗燎红的针，刺在我的灵魂，却看不见鲜血。而纯白寂寞的背影，覆盖了我记忆里所有的凝望。蓦然间，我发现自己的悲喜竟然和这个从未谋面的男孩如此息息相关。真的希望这样，忧伤属于我，而快乐属于纯白色。

手里的笔记本记着纯白最喜欢的句子："爱上你，就是人世间最大的沧桑，我只能毫无选择地渐渐老去。"这句我也喜欢。把它改一下："爱上纯白色，就是我的世界里最沉沦的忧伤，我只能毫无选择地渐渐学会成长。"

我爱上了纯白色的文字，也爱上了这个在风中独行的身影。纯白，当你回首的那一刹那，希望你能知道，在这个地方，我已经等了好久。

想起纯白色的签名："爱上纯白色，你这样对我说。"我忽然笑了。

沉浸

天堂游

接触纯白文字的时间和接触网络的时间差不多。是个春天，纯白色忧伤的文字让我忽略了这个季节。

已经不记得是什么原因让我从网上找来他的文字，然后偷偷利用工作时间打出来，每晚窝在房间里看他的文字。第一次一口气看完那些文字后，我就决定把他给忘了。

我发誓再也不去碰他写的东西，那段时间的阅读已经让我心力交瘁。记得妈妈对我说，你不要再看了，你会中毒的。也许真的是这样，就好像上大学的时候喜欢看安妮的文字，那时我总是感觉窒息，却又控制不住自己想要去看的心理。现在阅读纯白的文字就是这样的感觉，如同潘多拉的宝盒一般，即使知道里面并不仅仅只是好的东西，也还是会情不自禁地去打开它。

不过令我奇怪的是，今天再让我回忆纯白那些文字里的内容和情景，我却什么都不记得了，甚至记不起来其中的任何一个人物。好像就在看完那些文字以后，他们也都消失殆尽了。在记忆深处唯一留下的就是一个穿着白色棉布衬衣的男子，站在一幢很高的公寓的一个房间里，看着窗外烟花飞腾，而他的表情却是落寞的。这样的情景在没有再接触纯白文字的时间里，依然会时不时地跃入自己的思维。特别是在午夜，在一个人的时候，同样寂寞。

曾一度拒绝安妮，不再看安妮的文字，也不再在网络上搜索关于她的任何消息，可内心里却依然钟爱那些和她有着相似笔触的孩子。我喜欢和他们交朋友，总认为这样的孩子是最纯真的。纯白在我的心里就是这样，虽然他的文字总是让我疼痛，可我还是喜欢去读，去看。这样的阅读方式不仅仅只属于眼睛，而更属于心灵。

终于明白自己为什么不记得纯白文字里的任何东西了。因为自己在看他文字的时候，用的也是最纯粹的心灵。自己是在用心灵和纯白的文字交流，也就把那些外在的东西给遗弃了。

每读一篇纯白的文字，我都会用心记在日记本里。夜深人静的时候，躺在床上，开着台灯，在那温暖的橘色灯光下，细细品味那一篇篇让我感动的故事。日记本里夹着一张书签。书签上的留言是这样的："我无法让时光留步，愿关怀和祝福，永远与你同步。"我想这也是我想送给纯白的祝福吧。真的希望这个自恋的孩子，在这个世界能找到一份真正属于自己的情感归宿，让他不会再在午夜醒来时依然疼痛。

就像 azhu1812 在论坛里留的这段话：纯白的文字是如此的忧伤和寂寞，可我却从那些残酷而冷静的文字背后，看到了纯白心存的温暖和希望，才知道自己依然喜欢他的文字，喜欢这个孤独寂寞的孩子。

在这个春天里，我知道自己别无选择。只有继续在音乐中阅读纯白色的忧伤文字，然后和他一起，拥抱这个季节。

图书在版编目（CIP）数据

遇见你，是我最美好的小幸运 / 杨朵铁著 .—厦门：鹭江出版社，2016.4

ISBN 978-7-5459-1112-1

Ⅰ. ①遇… Ⅱ. ①杨… Ⅲ. ①小说集－中国－当代②散文集－中国－当代 Ⅳ. ① I217.2

中国版本图书馆 CIP 数据核字（2016）第 019819 号

YUJIANNI SHI WO ZUIMEIHAO DE XIAOXINGYUN

遇见你，是我最美好的小幸运

杨朵铁 著

出版发行：海峡出版发行集团
　　　　　鹭 江 出 版 社

地　　址：厦门市湖明路 22 号　　**邮政编码**：361004

印　　刷：北京睿特印刷厂大兴一分厂

地　　址：北京市大兴区星光工业开发区西红门福伟路四条十号　　**邮政编码**：102600

开　　本：880mm × 1230mm　1/32

插　　页：2

印　　张：9.75

字　　数：174 千字

版　　次：2016 年 4 月第 1 版　2016 年 4 月第 1 次印刷

书　　号：ISBN 978-7-5459-1112-1

定　　价：36.00 元
